A Bacia de Proust e outros textos

Copyright © 2019 Roberto Muniz Dias

Todos os direitos reservados. Nenhuma parte deste livro pode ser reproduzida de nenhuma forma, eletrônica ou mecânica, nem arquivada ou disponibilizada por meio de sistemas de informação, sem a expressa permissão do detentor do copyright.

Produção independente

Arte da Capa por ScribaClube

www.robertomunizdias.com

Contato com o autor:

robertomunizdias@gmail.com

1ª Edição

Brasil

A BACIA DE PROUST (e outros textos)

As peças que se encontram reunidas nesta proposta de publicação lidam com temas bastante contemporâneos e que causam muito debate em torno de alguns temas tabus e que dialogam com a pós-modernidade. Aqui se reúnem textos que já foram encenados (A BACIA DE PROUST), premiados (ENTREGA PARA JEZEBEL) entre outros que já foram lidos (Leituras dramáticas) em cidades como São Paulo, Brasília, Goiânia e Teresina. A peça A BACIA DE PROUST é um solo dramático de um homossexual que precisa realizar banhos de assento para curar suas feridas emocionais. Este ritual o coloca em constante questionamento e rememoração de suas atitudes passadas e o envolvimento que tem com um cara que o visita regularmente. Os banhos se tornam uma constante em sua vida e estes momentos de preparação do banho promovem profundo questionamento de sua sexualidade; suas angústias e seu passado lúdico. A peça ENTREGA PARA JEZEBEL tem como protagonista travesti que enfrenta todos os problemas da sociedade e da cidade que a engole viva. Ainda por cima, cuida de Eduardo, menino abandonado pela melhor amiga, cuja tutoria fica ao cargo de Jezebel. Os conflitos desta travesti que ora se vê nas ruas, ora se vê nas funções da maternidade são o leitmotiv desta peça que foi criada para a empregabilidade de artistas trans no cenário teatral local. A peça O CADERNO VERMELHO DE ATOS IMPUROS trata de uma história de um duplo (com leva inspiração na vida de Pasolinni). O diálogo é travado entre aquele que seria Pasolini e o outro o seu último amante e algoz. A peça se estrutura numa ação dinâmica e psicológica, tentando enveredar pelo caminho dos amantes e sua trágica história. A peça ONDE ESTÁ A REVOLUÇÃO é uma sátira ao estado acirrado de opiniões sobre a questão das ideologias e crenças políticas. Está para um pastiche da obra de Beckett, Esperando Godot, na qual dois malucos tentam criar uma revolução dos comportamentos. A peça DOROTHY tematiza a questão do estupro de vulnerável, um monólogo forte e visceral sobre a vida de uma mulher que viveu este drama.

A Bacia de Proust

Monólogo

Personagem

Pierre Bassin

Cenário

Um quarto oitocentista. França da belle époque. O quarto é soturno. Pouca luz. Uma cama, uma mesa de escrever, outra mesa de centro, livros. Uma bacia ao centro, ao lado uma chaleira. Também há xícaras ao redor.

Cena 1

[Um homem sentado no centro do palco. Ele está sentado sobre uma bacia de alumínio com água. Ao seu redor, pode-se sentir um cheiro que é uma mistura das essências de camomila, alecrim e hamamélis. Para ele, estes cheiros numa infusão ou chá causavam-lhe ânsia de vômito, mas ali, sentado sobre os poderes medicinais destas ervas, ele sentia um alívio existencial, quase um gozo.]

Pierre: Qual a pior tragédia de uma bicha, assumidamente passiva, que, às vezes (enfático), se fazia de ativo para agradar, satisfazendo mais ao prazer do outro e menos ao seu?

O que pode ser tão catastrófico ao ponto de fazer esta pessoa repensar toda uma estrutura criada sobre a mais sólida convicção?

Que fim pode ter esta criatura que está prestes a se esquecer de sua forma de obter prazer e considerar outra maneira?

[Então, ele pega uma chaleira a sua esquerda e coloca mais água na bacia; a água ainda está ligeiramente morna. O alívio parece ainda mais perceptível.]

Pierre: E agora? Como vai ser agora? Vou trocar nomes sujos, que me excitam, por termos medicinais: hesperidina, hidroclorido, acetanilida... vou ficar agora preso a esta fase oral, murmurando estas palavras estranhas?

Por que esta troca tão estúpida, absurda, que veio num momento tão inapropriado? Por quanto tempo ainda o médico vai me fazer ficar aqui, amornando minha fonte de prazer, deixando que estas ervas operem a reparação?

O milagre da cura! Cura! Cura!

Ah! (alívio) E se eu fosse outro? Quer dizer, se eu tivesse outro tipo de desejo? Criar um fetiche? Não! Não vou fazer isso comigo.

Eu dei o meu melhor! Eu me tornei esta criatura que sou agora! O que eu devo fazer é como pensar esta minha nova condição, que vai ser, com certeza, temporária.

[Ele se pega olhando para seu pinto, como se pudesse dialogar com ele e extrair alguma resposta.]

Pierre: Eu nunca pensei que fosse, algum dia da minha vida, conversar contigo. Fazer isso só me leva para algum estágio inicial de loucura, igual a estas hemorroidas que estão me tirando o perfeito juízo.

As dores são incômodas demais e devem estar atingindo meu humor.

Eu nunca tive um tipo de conversa dessas assim! Ficar me questionando ou ao meu próprio pinto, uma conversa tão franca dessa forma.

Por que eu não fiz isso antes?

Por que eu não procurei me entender melhor antes disso tudo?

[Ele pega no pau – observa-o de uma forma admirada – fica manipulando por minutos.]

Pierre: É igual a ficar repetindo o meu nome várias vezes (ainda manipulando o pinto), ouvindo o som familiar e, então, a repetição se torna um mantra insuportável; e te olhar assim, parceiro – é assim que vou te chamar – te olhar assim com tanta frequência não vai me deixar outra opção senão começar esse processo de repetição. Sei lá!

Vou ter que dosar essa situação em que vou te procurar, par-cei-ro!

Talvez eu mude o teu nome. Mas, qual seria o limite da repetição de um nome? (Pausa)

Você tá bem murchinho, hein? Par-cei-ro! Tá começando a ficar enrugadinho também!

Aff! Que situação! Esse cheiro também tá me deixando enjoado. Será que deverei sempre usar essas ervas?

[Ele se levanta. É difícil esconder suas partes íntimas. O corpo nu ainda tem viço em que pese já ter passado dos quarenta. A bunda e o pinto ainda impressionam pela beleza e volume. Pega uma toalha azul e enrola-se.]

Pierre: Nem sempre usei essa bacia (olha e aponta para a bacia da qual saiu). A outra era bem menor. Eu só conseguia colocar parte da bunda. Tinha que ficar acocorado, deixando que a água alcançasse o lugar certo. Era um exercício difícil. Mas, eu pensava que tudo para mim tinha sido difícil. Não ia ser diferente com a bacia agora. Essa aqui (aponta para ela) é maior.

Um dia, quer dizer, no primeiro dia, ainda usando aquela bacia menor, neste exercício de me equilibrar na ponta dos pés, queimei minha bunda. Além da dor que me persegue, ganhei uma queimadura na bunda.

Por que não uma queimadura logo na bunda, né?

Antes eu tivesse comprado uma bacia maior....

[Ele, então, se aproxima da mesa. Aperta a toalha na cintura. Dirige a atenção para uma foto que pega sobre a mesa.]

Pierre: Maurice... Maurice talvez tenha sido um dos causadores de minhas hemorroidas. Claro, tem estas coisas de herança, genética. Meu pai tinha crises sérias. Lembro-me de uns unguentos com tomate. Nem pensei nesta possibilidade. Talvez, se eu usasse tomates, não teria associado meu enjoo a essas ervas, especialmente, ao alecrim.

[Volta-se para a foto de Maurice, batendo o dedo indicador sobre ela.]

Pierre: Pois é, Maurice! Mas, não foi por conta do tamanho do pau dele. Tinha mais a ver com o jeito que ele me pegava. Sempre aproveitava quando bebíamos um vinho. Na verdade, ele era carinhoso; do tipo até romântico. Mas, com o vinho, ele mudava um pouco. E eu só percebia no dia seguinte. Mas, a dor era compensada com o café da manhã na cama.

Porém, isso não impedia que eu o indagasse pela noite anterior; ele sempre me respondia: "Não deveríamos ter bebido tanto ontem!".

Eu concordava passivamente. Assumia parte daquele pequeno crime. Então, ele sumia por alguns dias e aquela dor me seguia como que me proibindo de me relacionar com outro homem durante sua ausência. Inteligente ele, não?

Aí eu me perguntava, até que ponto aquilo era bom ou ruim e por que, todas as vezes, eu o perdoava. Mas, a culpa era minha por deixar isso demorar tanto tempo.

[Ele pega uma pomada sobre a mesa. Joga a foto sobre a mesa. Abre o tubo, desenroscando a tampa. Coloca um pouco da pomada no dedo indicador, sobe um pouco a toalha e leva o dedo para a parte de trás. Aplica a pomada no ânus.]

Pierre: É nesse ritual que vou. Além de ficar conversando comigo mesmo, vou me tocando desta forma estranha. A sensação é pior do que as mentiras dos amantes. Este toque é tão invasivo quanto qualquer mentira...

(Pega o tubo) Esta aqui tem propriedades anestesiantes. (Joga o tubo sobre a mesa)

Ficar aqui roçando o dedo me levava do princípio da dor em si até o completo anestesiamento de tudo.

As dores momentaneamente somem. Eu fico mais aliviado.

Aí, posso me dedicar a lembrar de outras coisas.

[Ele pega um papel sobre a mesa. Vai em direção à bacia. Senta-se do lado. Pega alguns papéis e começa a dobrá-los. As dobraduras dão-lhe a forma de um barquinho. Cada um que ele vai fazendo, ele coloca sobre a água.]

Pierre: Eu tenho uma relação estranha com a água. Bem, não seria estranha a palavra certa, mas algo entre o amor e o ódio. Estaria mais para isso. Eu acho!

Escapei de morrer duas vezes na piscina. Eu tinha, acho, que uns 6 ou 7 anos e brincava na piscina para crianças, mas minha cabeça ficava entretida no mergulho dos adultos na piscina maior.

A primeira vez, eu afundei, afundei tanto que não conseguia alcançar a beira da piscina. Parecia brincadeira. Eu tentava me salvar. O desespero era tanto que me tirava qualquer percepção de escapatória. Já não tinha mais fôlego. A brincadeira se tornava uma armadilha. Eu me debatia (começa a bater na água dentro da bacia com a mão espalmada). O desespero só aumentava. Eu já tinha perdido as forças (aumenta a velocidade das batidas).

[Ele perde o controle. Aumenta o desespero. Vira a bacia com todo seu conteúdo. O cheiro de ervas invade o ar.]

Pierre: Eu não queria morrer (recompõe a cena com a bacia no seu lugar, tentando recolher as coisas no chão).

E agora, quando olho para esta bacia, eu sinto que estou morrendo um pouco. De uma certa forma, parece morte ter que controlar o desejo. Este ritual tem demorado semanas.

Como vou administrar as visitas de Maurice? E como vou ficar tanto tempo sem sexo?

Sexo não é vida? E se não tenho sexo, eu vou morrendo pouco a pouco; tal como dar um adeus é morrer um pouco.

[Ele está enxugando o chão molhado com cheiro de ervas, sangue e dor. Sua vontade é de vomitar. Ele vomita no chão!]

Pierre: Eu devo estar doente. Por que é sempre assim? Depois que eu faço a merda, fico doente!

Eu não consigo me esquecer do Maurice. Por mais que eu o julgue culpado, não me parece justo. Inconscientemente, eu permiti porque havia desejo. Eu gostava do sexo dele. Mas, também tinha o carinho. Sei lá! Até mesmo quando terminávamos de trepar e ele ficava coçando o saco e lendo o jornal de dias passados distraidamente. Aquela displicência era quebrada, repentinamente, com um beijo no canto do meu olho.

Eu aprendi que as pessoas só podiam dar o que elas tinham, mesmo que eu pudesse dar o dobro. E o problema que eu tinha nessa relação era esta diferença que eu nunca conseguia equacionar.

(Olha para o vômito) Preciso limpar esta sujeira. Mas, já não tenho coragem.

Meus fluidos estão indo embora. Se isto não for morrer, o que será então a morte? Já não suporto o sangue de minhas entranhas...

E a gente não é só isso: fluidos e desejos num corpo que aprendemos todo tempo a controlar? Somos entradas e saídas, chegadas e partidas.

Mas aí, quando perdemos este controle, tudo desanda. E o amor, que é a parte quase racional do nosso desejo, também pode ser incontrolável. Ficamos reféns do nosso corpo tão frágil.

Mas, ainda enquanto tenho vida, tudo o que me interessa é o sexo. Sem ele, agora, eu sou apenas um corpo ainda mais frágil, atravessado por uma dúvida tão forte quanto desafiadora.

[Ele limpa o vômito.]

Pierre: Sabe, estas histórias ou reportagens que a gente vê nas revistas de medicina, dando conta de estatísticas de tudo?

Pois é, certa vez, eu li uma dessas dizendo que, geralmente, a primeira relação sexual que você teve determina se você vai ser passivo ou ativo. Então, a culpa desta minha predileção para esta modalidade foi inteiramente do Jean.

Eu gostava muito de brincar com os meninos. Eu sempre fui um daqueles bem danados, sabe? Mas, ao mesmo tempo, eu tinha uma fragilidade e inocência tão perceptíveis, que os outros meninos confundiam com um grau – sei lá – de sensibilidade. Era isso! E essa coisa de ser sensível demais era fatal para garotos como eu.

Então, a culpa de ser como eu sou é do Jean e não do Maurice. Maurice só reforçou, digamos assim. Mas, pensando bem, todos têm sua culpa, em maior ou menor grau.

Mas, e qual é minha (enfático) culpa?

[Ele prepara outro banho de assento. Abre três sachês das ervas, coloca-os dentro da bacia. Depois, vai colocando a água da chaleira aos poucos. Tampa o nariz com uma das mãos.]

Pierre: Que cheiro ruim! Estas plantas medicinais não poderiam ter outros cheiros? Sei lá, flores do campo, jasmim, lavanda ou chocolate?

Ou... quem sabe um cheiro de nostalgia?

[Ele repousa a chaleira no chão. Fecha os olhos e usa as mãos para direcionar os aromas e as essências das ervas para si. Ele esboça uma feição mais plácida. Olhos fechados.]

Pierre: Eu fazia de conta que era uma semente alada, daquelas que invadem os espaços sutilmente, sem aviso...

[Ele usa um instrumento colocando-o dentro da bacia com água e depois sopra, criando inúmeras bolinhas de sabão. As bolinhas começam a invadir o espaço.]

Pierre: ...elas entravam pela janela de meu quarto. Eu estava sempre acuado, com medo. Os braços enlaçavam as pernas junto ao peito. Eu tinha muito medo do mundo lá fora. Mas, as sementes aladas sempre davam um jeito de entrar quando eu estava assim.

Era uma força de liberdade igual à do cometa que transportava aquele menino solitário. Mas, eu nunca tive coragem de pegar carona. Eu tinha sido criado para não fugir e aceitava esta situação como apenas uma mágica manifestação da natureza.

Os meus sonhos permaneciam inertes, que nem as sementes que se juntavam à poeira que as envolvia e as engolia, levando-as para debaixo de minha cama.

E, lá debaixo, eu criava um monstro sem raiz.

[As bolinhas (semente aladas) somem aos poucos. Ele fica espocando as últimas.]

Pierre: ...agora... (inspira o ar de forma intensa) ...agora eu sinto cheiro de carinho, de café da manhã. É dia, eu ouço: "Deus te abençoe, meu filho!" Eu respondo com um beijo nas costas de sua mão. O cheiro de carinho é ainda mais forte. Eu sinto amor, doação, abrigo... agora eu sou um menino mais alegre, mais livre.

Ela me dizia: "Vai comprar a *baguette*". Eu corria, corria... E lá estavam elas flutuando no céu. Desta vez, não tocavam o chão.

Me convidam para segui-las.

Eu acho que aquelas sementes aladas queriam me tirar o carinho e me dar liberdade.

Mas, para onde elas queriam me levar?

[Ele abre os olhos. A luz muda. Os olhos ainda carregam um pouco de nostalgia.]

Pierre: Eu fui para outro lugar. Não era nem onde estava o carinho, tampouco a liberdade.

Esse lugar era aqui; tão longe de tudo.

Minha mãe sempre dizia: "Volta, meu filho. Não tem nada que te prenda aí; nem filhos, nem um homem".

Pois é, eu não tenho ninguém. (Pausa) Maurice não é lá uma companhia como todos queriam. Ele não entenderia minha ausência. E se ele aparecer por agora, vai querer trepar comigo. E eu ainda não posso trepar do jeito que gostamos.

Não seria a mesma coisa tê-lo aqui agora. Como vou dizer que não quero o sexo dele; que não quero seus beijos com seu gozo quente dentro de mim? Como dizer isso tudo sem magoá-lo?

Ficar imerso nesta água vai acabar com o viço da minha pele ou isto pode afetar ainda mais meu humor. Num sentido negativo. Não sei como! Mas, parece que isso tudo afeta demais minha libido.

Maurice era a única relação que eu tinha com o mundo de fora. (Pausa)

Ele sempre me traz croissants de chocolate com nozes. Era o que mais eu gostava do mundo lá fora; nem mesmo do sol que me dava tanta alegria. O sol já não entrava com tanta frequência ou insistência. Seria bom tomar um pouco de sol de vez em quando. Dizem que faz bem para a cabeça. Mas, Maurice também me trazia uma espécie de luz, fazia bem para minha saúde mental, me deixava a sensação do que eu chamava de: plenitude temporária.

Ele também dizia que gostava de me comer, que eu tinha o rabo gostoso; que eu o havia seduzido e que ele não entendia por que continuávamos nos encontrando.

Eu sabia o que ele queria ouvir. Já tinha aprendido isso. "Sim, eu gosto de trepar contigo!".

Ele estendia a mão, e eu dizia: "Da próxima vez, traga mais croissants!".

Ele contava as cédulas e saía sem me dizer adeus. Ele falava que adeus era muito forte. Parecia que alguma expectativa era criada ali. Para falar a verdade, eu pressentia algum medo de ele demonstrar cuidado.

Por mim, eu cuidaria dele. É um rapaz frágil, apesar daquele corpo bem desenvolvido. Mas, é melhor que fiquemos assim. No fundo, no fundo, cuidar de mim parecia muito mais complicado.

[Ele senta vagarosamente sobre a água. Antes disso, despe-se de costas para a plateia. O corpo não tem mais aquele viço, mas maturidade. Não tem o brilho de Maurice; nem aquele cheiro de Jean, que era puro hormônio masculino.]

Pierre: Hum, isso é muito bom! Tão bom quanto à cunete que ele fazia. A sensação é a mesma, mas eu sentia dor toda vez que Maurice partia.

Aqui, eu sentado sobre estas águas milagrosas, parece que há um certo senso de continuidade, porque faço isso quando quero e não tenho o perigo do adeus me rondando. Simples: "Não quero mais". Aí era só derramar isto tudo no vaso sanitário e dar descarga.

[Ele se deita sobre o chão. O corpo nu se encolhe. Posição fetal de um ser desamparado. De costas para a plateia, começa a relatar a primeira experiência.]

Pierre: Não tinha outro jeito, eu deveria procurar o médico.

Doutor Sebastien de Tassy. Era um jovem, por volta dos seus 30 anos.

"Tivemos que trocar o seu médico. Algum problema?"

Eu disse não! Sentei na sua frente. Ele fez um monte de perguntas:

"Sim, doutor. Relações anais. Não chega a ser compulsivo, mas eu prefiro."

"Há quantos anos?"

"Bem, nunca parei para pensar nisso. Mas, nem chega aos pés do Oscar Wilde."

"Alimentação?"

"A alimentação é rica em frutas, doutor. Não tenho cocô duro, nem prisão de ventre."

"Lubrificação?"

"Sim, sempre."

"Agora eu vou passar uma solução antisséptica no meu dedo e vou introduzi-lo para averiguar a situação!"

[Ele se levanta. Senta-se de pernas cruzadas. Fala diretamente com a plateia, timidamente.]

Pierre: Sabe, doutor. Há muito tempo que sou assim. Assim deste jeito. E estou com muito medo de parar. Sabe, parar? Deixar de fazer algo que você gosta, entende? Imagina o senhor tendo que parar de fazer o que gosta?

Diga-me: é grave a situação? (Pausa)

Eu faço qualquer coisa para não ter que parar.

Que sentido faz parar?

"Sr. Pierre. Sou apenas um médico. Tome. Aqui está a sua receita! As pomadas são tópicas e para aliviar as dores, faça banhos de assento com camomila, hamamélis e alecrim.

"Mas, doutor, eu tenho ânsia de vômito com esses chás!"

[O palco fica escuro. Pode-se ouvir uma música ao fundo e um cenário que vai, aos poucos, se iluminando. Agora, ele está de calça linho branca e camisa azul de mangas longas. Está descalço. Está sentado na bacia.]

Pierre: Ele queria que eu tirasse a roupa. Mas, eu o beijei como estava: assim! (Aponta para a própria roupa) Eu não queria esclarecer nada. Mas, era impossível manter-me daquela forma: o corpo todo coberto como se eu quisesse esconder algo dele. Mas, ele não entendia certos códigos. Meus novos códigos. No entanto, bastava eu tirar as calças para que ele respondesse prontamente a minha insinuação.

"Vamos tomar um vinho?"

Vinho era o código ressignificado para dizer: agora não!

"Calma. Calma! Sabe, eu não estou preparado!"

"Li uma vez, de um escritor cubano, que se você tem nojo de cuspe, porra e merda, você não sabe o que é trepar."

"Vamos, monamour, tira esta roupa!"

[Luzes estroboscópicas. Ele fala estas frases com entonações diferentes a cada sensação que elas imprimem.]

Pierre: Eu corri dele!

Aqui estou, todo ensopado.

Esse cheiro me dá náuseas.

Pierre, você tem um sério problema. Precisamos de uma colonoscopia.

É urgente?

Cadê o dinheiro dos croissants?

Precisamos de uma confirmação!

Amanhã você estará preparado?

Use duas vezes ao dia, por 15 dias. É tópico!

Retorno? Retorno?

Não. Não. Amanhã não venha!

Eu vou ao teu encontro!

Chocolate com nozes!

Tira essa roupa!

Eu vou introduzir meu dedo, ok?

Vai doer?

Quando vamos nos ver do novo?

Que alívio!

Ah! Ah! Ah! (Diferentes entonações de sensações)

Não, doutor!

Mais uma dose, por favor!

Seu Maurice esteve aqui mais uma vez, sr. Pierre!

É tópico!

Quero lamber seu cuzinho! (Uma voz bem sensual)

[As luzes se apagam. Ele está na posição de quatro. De lado para a plateia. Centro do palco.]

Pierre: A revista, eu acho que já falei dela, diz que seu primeiro contato define sua tendência futura.

Eu não sabia de nada. Ninguém me pediu para ficar assim. Me lembro que alguém me pediu para ficar de joelhos. (Ele se ajoelha) Assim, sorvendo, nesta altura, (esfrega as mãos sobre o nariz e boca) alguma essência entre o suor e o desejo dele. Mas, dentro daqueles cheiros, eu podia sentir alguma verdade. Eu sabia que era de verdade; mesmo que ele dissesse: devagar.

Àquela altura, tudo que ele pedisse era prontamente atendido.

Então, sou o que sou porque Jean me teve refém do seu desejo. Mas, eu já disse que eu não sabia de nada. Mas, ele me ensinou a alcançar sua boca também, além de ensinar a ficar de joelhos. E mais além, eu aprendia a escrever alguns poemas, depois de ficar dias pensando no que tinha acontecido comigo.

[Projeção do poema]

Pierre: Quando eu dei, não sabia o que era dar

Como uma estátua, fiquei a esperar

Que ele pudesse me dar o melhor dele em minha boca

Macia era a textura do prazer, uma coisa louca

E nela, de joelhos, apreciei como se eu já pudesse ensinar

Mas, o que estava por vir?

Quando dei, eu não sabia o que dar

Mas, me dava uma vontade de ali ficar

Entregar-me àquele macio nas mãos, à saliva nos beiços

Quando podia vê-lo, olhando por cima

As mãos encontravam outros sentidos

Eu nada sabia de óleos humanos, de sangue e de força pulsante

Seu corpo falava e eu respondia

Os líquidos vinham e eu descobria

Uma emulsão de nossos sentidos mais íntimos

Quando eu dei, nada sabia sobre preliminar

Nunca vou me esquecer do quente no meu peito

Nem do seu corpo descansando em mim.

[Ele volta à posição que estava: de quatro.]

Pierre: Eu fiquei de quatro por Maurice. Por que Maurice é tão importante na minha vida?

Com ele, eu aprendi quase tudo que não me fora permitido. Perdi a ingenuidade e dinheiro. Ganhei o medo de me entregar. Delicado isso, porque eu nunca percebera amor. Sabe, amor?

Mas, eu tinha companhia e isso bastava. Eu acho!

Quando se pensa na solidão, a morte vem a tiracolo. Vem disfarçada em todo tipo de perda.

Ela meio que anuncia. Te colocando na parede e perguntando:

"O que você vai fazer agora?".

Eu não sabia o que responder. Ela nunca é tão clara nesta antecipação das perdas. Era mais uma preparação. Mas, a gente não percebe. Cuida ali da ferida, mas o corpo foi aberto e elas entraram. Vão te matando aos poucos. Cicatrizam porque é biológico. Mas, e a dor? E o tempo das ausências?

Quantas vezes tive que dizer não para Maurice, sem que a ele parecesse rejeição? No fundo, ele não estava nem aí, mas eu não queria perdê-lo. Por isso, estou aqui de quatro por ele.

Tou ensaiando a despedida, como se eu fosse um bebê engatinhando, descobrindo como fugir de uma obrigação. Sem sucesso porque o desejo requer obediência. Mas, se já aprendi a andar, por que fico repetindo ou fugindo? (Pausa)

A pergunta me atordoa em tantos sentidos, como uma bala ricocheteando no escuro.

Meu corpo se limitou a poucas posições, alternando subserviência (ajoelha-se), medo (posição fetal) e entrega (de quatro).

[Ele repete as três posições por várias vezes. O corpo exaspera em cada uma delas; quer se reinventar, mas a restrição é mais forte. Luzes se apagam lentamente.]

[Pausa breve. As luzes retornam ao centro do palco. Ele está deitado. A bacia afundada em seu rosto. O corpo se debate. Parece haver uma força sufocando-o.]

Pierre: Por favor, assim não! Não, não! Está machucando! Para! Não consigo respirar... O que você está fazendo? Por quê? Para, Maurice!

[Ele se levanta bruscamente, desvencilha-se da bacia. Respiração acelerada. Segura o pescoço com as duas mãos. Ele então começa a rir desconsertadamente.]

Pierre: A outra vez que escapei da morte foi dentro do mar.

Doze anos, e eu não conhecia sua força.

Pisei nele, e já podia dizer que ele estava domado.

Eu podia ser um peixe. Eu queria ser um peixe. Mas, não queria ser uma baleia. Eu queria ser um peixe bem pequenininho para que o mar me parecesse maior, infinito.

Eu pisei nele como se já fosse meu. Nem pedi permissão. Nada me disseram sobre sua força. Pensava que ele tinha sido feito para mim, pare eu me divertir e aprender mais uma coisa.

Meu pai dizia: "Coragem Pierre! Um homem não é feito de medos!".

Nem sabia o tamanho de minha coragem. Tinha que mostrar para ele que o medo não me impediria.

Como se entra no mar?

Como seria, senão tentando?

"Um homem sabe naturalmente como fazer!"

Novamente, eu me afoguei.

Novamente fui salvo.

[Ele coloca novamente a bacia sobre o rosto]

Pierre: Eu afundei a cabeça naquele ambiente aquoso.

Meu pai dizia que um homem não é feito de medos.

A mulher pedia que eu usasse a língua ao redor e em cima.

Eu estava perdido nas suas intimidades úmidas.

Não era um desafio.

Era uma obrigação.

Eu podia ouvir: "Um homem sabe naturalmente o que fazer!"

Eu não sabia. (Ele retira a bacia do rosto)

Naquele dia ninguém me salvou! (Pausa)

Ninguém me salvou.

Eu, meio que, aprendi sozinho.

No começo, era tudo estranho, mas não tinha sido por causa da experiência da morte, nem da buceta. Tinha a ver mais com falta de orientação para o que deveria ser feito a partir dali.

Nesse período, um monte de meninos tentou me mostrar um caminho, quer dizer, o caminho deles.

E foi aí que as coisas tomaram um rumo.

[Coloca mais uma vez água quente na bacia, mais as ervas. Mexe com os dedos.]

Pierre: Tudo isso me trouxe pra cá, para ficar com a bunda de molho, ficar de quatro pelo Maurice e remoer o passado.

Quando eu vou melhorar dessa porra? (Leve agonia)

Estou com saudades dos croissants do Maurice. (Pausa)

Andei até escrevendo algumas coisas:

"Votaram nele como o melhor amante da vizinhança

Porque ele beijava bem

E quando ele gozava, espalhava essências de rosas noturnas

Mãos suaves que buscavam o prazer escondido

Descobrindo lugares

Sussurrando palavrões ao ouvido

Seu corpo contra o meu: pressão

Suas mãos em minha volta: união

Ele, então, me golpeia

Atingindo-me com seu músculo cheio de sangue

Mas, são golpes de suave poder

Então, já sem forças

Descansa dentro de mim, como um anjo

Votaram nele como tendo o sorriso caro da vizinhança

Pois, estes deveriam ser pagos

Mas, quando ele falavam,

Ele apenas dizia:

Adeus." (Pausa)

Pierre: Não quer dizer nada toda esta besteira de escrever coisas bonitas.

Ele não me ama. Eu sei que não. Mas, a culpa é minha. Eu que deixei que tudo caminhasse assim. Eu me apaixonei não porque precisasse de alguém, e sim porque não queria morrer sem um sentido. Eu não me importo de ter de pagá-lo.

Ele é doce. Tem sua inteligência, tem gostos simples, mas tudo lhe é natural.

Quando falei que gostava de croissants, que sentia falta, ele perguntou: "O que é isso?". Ele mostrava sua dúvida de uma forma tão ingênua; tentando adivinhar. Eu nem sei por que falei nisso. Talvez, porque eu tenha pensado alto, uma memória qualquer de Proust. Era a minha Madeleine particular. E não é que falei dele e Maurice disse que tinha visto O caminho de *Swan*?

Aí, eu dizia como era gostoso um croissant.

Daquele dia em diante, ele sempre me trazia os croissants. Mas, nem sempre tinha dinheiro para isso. Então, se você me perguntar por que eu gostava dele, era por causa de sua companhia, tão despretensiosa quantos as lembranças. E aos poucos ele foi ganhando um refinado gosto pelos croissants e pelos livros de Proust em minhas prateleiras. Era o momento de falar sobre a gente.

Por tanto tempo nos encontrávamos aqui, mas quando eu penso em dizer-lhe tudo, eu fico sem jeito de revelar. Me pareceu tão íntimo, ao mesmo tempo tão desnecessário.

O problema é ele suspeitar que não queria mais seus serviços. (Pausa)

Tenho medo do que não sei.

Tenho medo de ter medo.

[Luz se concentra em seu corpo sentado, abraçado às pernas. Aos poucos, vai deitando e esta mesma luz o acompanha. Ele se levanta bruscamente. Respiração ofegante. Ele desperta de um pesadelo. Pega uma linha de crochê e uma agulha. Começa fazer um bordado.]

Pierre: Aconteceu o que eu estava imaginado. Maurice sumiu.

Não apareceu mais aqui!

Agora, o ritual dos banhos de assento tinha mais a ver com ele do que com minha dor.

Talvez, eu estivesse curado, mas aí tem a alma que sobrou fodida.

Preciso rever o médico, mas qual deles conserta o coração?

Repeti, repeti... e agora este ritual das ervas permaneceu. Aproveito a própria água para fazer chás. E adivinha? Chá de alecrim (sorriso forçado).

Mas, parei de encomendar os croissants. O padeiro vinha entregar e, toda vez que ele batia na porta, pensava que era Maurice. Aí o padeiro vinha e falava: "Cadê o rapaz dos croissants?".

Aff! Até aqui Maurice deixou suas pegadas.

A partir daí, eu parei de ir à padaria do senhor François e, por tabela, deixei de comer o melhor croissant do Marrais. Tudo bem, a vida me ensinou a procrastinar o meu prazer, e quando vai-se ficando velho, o que mais importa é manter a memória do presente; as novas manias e os novos hábitos.

Então, o amor, quer dizer, a falta de amor ou aquele amor nostálgico, começou a se despedir de mim. Para o exercício da memória, por outra recomendação médica, inventei de fazer tricô. Para isso, os amigos tem um nome: (*pédé*) Maricona!

Eu confesso que não me importa. Vamos fazendo trocas. É assim!

Hoje mesmo, arranquei um pelo branco da sobrancelha, com um pavor existencial de me sentir velho. Bobagem! Depois eu pensei: que medo bobo de um único fio branco contaminar os outros com minha mariconisse.

"Sometimes, you need a stranger to talk too...sometimes you need to go to the observatory..." (canção triste)

Eu precisava de um novo estranho e, como a música diz, eu também precisava ir para o lado escuro da cidade. (Pausa)

Pois é, tudo parecia urgente e, ao mesmo tempo, perdido. Mas, o que era mais urgente era não en-lou-que-cer! (Pausa)

Morte!

Alguém falou morte? Morte? (Pausa)

Mas, eu já tinha dito que não tinha medo de morrer, não foi?

Apesar de que tudo estava sendo lentamente roubado a cada dia. Mas, estamos acostumados com isso. O tempo tira um pouquinho de tudo ao longo de nossa existência, não é?

[Ele pega a chaleira, coloca água na xícara, logo após abre um sachê de alecrim e o derrama nela. Cruza as pernas e começa a beber.]

Pierre: Eu estou melhor! Se alguém estiver perguntando.

Confesso que, depois de vários meses, pensei em procurar Maurice.

Agora que estava melhor, seria bom encontrá-lo para me sentir mais vivo.

[Saboreia o chá]

Pierre: Ah! Esse chá sem meu croissant não é a mesma coisa.

Ali (aponta para um maço de dinheiro) permaneceu até hoje o dinheiro para Maurice comprar os croissants. Era quase sagrado nosso momento de confidências.

Deixei lá porque ele poderia aparecer.

Nem sei mais se ainda ele tem as chaves.

[Saboreia mais do chá]

Pierre: Não é a mesma coisa! (Pausa)

Tá na hora de retirar este luto e gastar este dinheiro...

[Outro gole]

Pierre: Mas, sabe o que aconteceu?

Fui lá no padeiro, o senhor François.

Quando cheguei, o cheiro dos pães invadia a pequena padaria. Ele era tão gentil.

Logo se antecipou: "Chocolate com nozes, *oui*?" (Pausa)

Havia ainda bondade no ser humano! Havia esperança pra mim!

Não sei por que estas coisas vinham a minha cabeça; talvez porque eu sentisse falta disso!

Deixo para vocês que entendem deste assunto.

[Mais um gole]

Pierre: Foi lá, sentado, esperando pela nova fornada de croissants, que percebi que havia ainda algum grau de leve continuidade nas coisas.

[Outro gole]

Pierre: Seu François fez um gesto para que olhasse para trás.

[Último gole]

Pierre: Foi a última vez que vi Maurice!

Ele estava acompanhado de um outro homem. Gesticulava bastante. Caras e bocas. Às vezes, sorria.

Na mesa deles, xícaras de chá...

E... adivinhem o que ele estava comendo?

[Apagam-se as luzes]

* Fin *

Entrega para Jezebel

Tempos atuais de extrema intolerância nos discursos de aceitação do Outro.

Jezebel é uma travesti que alterna sua vida entre os palcos da noite e da vida. Durante o dia, cuida do pequeno Eduardo e conta com a ajuda de Maria; à noite, tenta ganhar a vida.

Jezebel é uma artista que flerta com a música e a pintura, mas que se acomoda no conforto sombrio e insípido da prostituição. Suas telas são coloridas e carregadas de esperanças, embora rostos sangrentos sejam revelados.

Mas, o que está guardado para Jezebel diante de tanta violência?

Cenário

Projeções numa tela branca por meios de sombras. Um quarto bem simples, com algumas telas coloridas e um berço.

ATO I

CENA I

[Música. O movimento da dança é feito para um homem sentado imóvel. Jezebel dança, rodopia ao seu redor. Apagam-se as luzes.]

CENA II

[O palco se ilumina. Jezebel anda em círculos. Tira aos poucos a roupa e a maquiagem pesada. Faz um coque no cabelo.]

Jezebel: Por que ele me tocou? Será que ele me deseja? (Tira toda a maquiagem. Uma porta se fecha logo atrás dele.) Obrigada, Maria. Até mais tarde. (Jezebel levanta o bebê/boneco) Por que você sempre faz isso quando eu chego? Tá querendo chamar atenção, é? (Ela troca a roupa do bebê)

Mas, por que será que ele me tocou? Não é bom para você (para o bebê) ficar ouvindo estas coisas. Depois você vai pensar que sou maluca... (Pausa) Um dia você vai entender o que é amor.

Será que algum dia você vai me amar, Dudu?

Sabe? Eu não sei se você vai entender muitas coisas. Mas, eu queria que as coisas fossem diferentes, que você tivesse orgulho de mim.

Sim, sim, eu sou seu pai, sua mãe. Muitos dirão que não, que eu sou uma aberração. Mas, eu espero por aquele dia... você já grande... Dando aquele abraço quando eu te pegar na escola. Sei lá.

A verdade é que sua mãe biológica te abandou. Saiba disso! Mesmo que um dia você me abandone: "Pai é pai", dizia a mãe que também me rejeitou.

[Abraça o bebê, depois o assenta no berço.]

Jezebel: Mas, "escola" é um ambiente tão hostil, meu filho. Eu, às vezes, não gosto de me lembrar. Eu tinha medo de algumas pessoas, alguns lugares eram proibidos...

[Sai detrás da tela e começa a montar o cenário no palco. Veste uma camisa branca com um logotipo escolar no lado esquerdo, uma saia azul de pregas e um par de meias brancas. Puxa para o centro do palco uma lousa verde, nela escrito Biologia; pega uma carteira com apoio para cadernos e a coloca de frente para o quadro. Enquanto vai montando, vai falando o texto.]

Jezebel: Não sei quantas vezes eu tive que me esconder, me abrigar nos braços da professora Zelda, a única que me entendia e, de certa forma, me protegia. Ela dizia que era o melhor aluno dela, quer dizer, aluna. Ela sempre se confundia, mas ela sempre me defendia dos meninos.

[Jezebel senta-se na carteira. Pernas fechadas.]

Voz em off: Hoje vamos estudar os órgãos reprodutores. (Pausa) Todo mundo sabe que nascemos homem e mulher. Nossa Biologia nos distingue por diferenciações anatômicas, sentimentais e comportamentais; além de termos hormônios, que são substâncias que nos dão as características do masculino e do feminino, que encontramos nestes órgãos. (Pausa) sistema (ou aparelho) reprodutor humano é o que identifica o sexo biológico. Por exemplo, o aparelho reprodutor masculino é normalmente composto por dois testículos, dois ductos genitais, glândulas acessórias e pênis.

Vejamos aqui. Olhem esta figura. (Algumas risadinhas) Silêncio! Qual é a graça? (Pausa) Por outro lado, o aparelho reprodutor feminino é composto por dois ovários ou gônadas, dois ovidutos, também chamados de trompas de Falópio ou trompas uterinas, útero, vagina.

[Jezebel começa a se contorcer. O incômodo aumenta. De repente, ela urina ali mesmo, sentada, sobre suas roupas. O líquido se espalha pelo chão. A luz se apaga.]

Jezebel: (Chorando) Qual banheiro devo usar?

[Risadas, risadas. A luz se apaga.]

CENA III

[Choro de bebê. Jezebel retira as roupas, desmonta o cenário e retorna para detrás da tela, pega o bebê que está no berço.]

Jezebel: Que foi agora, Dudu? Nossa, mijou de novo? Ainda bem que daqui a pouco Maria aparece. (Batidas na porta) Tô indo (grita). Deve ser a Mari. Beijo, meu filho!

[Apagam-se as luzes.]

CENA IV

[Jezebel entra com uma carta e uma tesoura nas mãos.]

Jezebel: Mãe! Eu virei mulher. Não, não, mãe! Deixa eu falar! Olha aqui a carta que a senhora mandou pra mim... (Joga-a sobre uma mesa próxima) Pois é, ainda está fechada. Não tive coragem de abrir. (Pausa) Por quê? (Caminha para outro lado) Ora, porque eu não tive coragem de abrir. Ficou um tempão guardada. Aí, fui arrumar as coisas e a reencontrei. Não fazia mais sentido mexer no passado.

[Pega a carta e abre. Lê a carta.]

Jezebel: Não, não pode ser! (Desespero) Isso não é coisa que se diga por carta, mamãe! Por que a senhora não me ligou? Tá, tá... a senhora não tinha como me contatar. (Silêncio) Foi a Joana. Só pode ter sido ela quem deu o endereço para a senhora. Ela me pediu desculpas, dizendo que eram desculpas antecipadas.

[Silêncio. Continua a ler a carta. Olha para a plateia.]

Jezebel: Eu queria tanto ter conhecido ele. Meu pai era parecido comigo? Será que ele iria gostar de mim? Sim, sim... porque dizem que o pai se afeiçoa pela filha... e se ele me visse assim, ele ia adorar saber que me tornei uma mulher. Não é? Mamãe! Mamãe? (Pausa)

[Jezebel corta os cabelos.]

Jezebel: Não. Não. Ele teria cortado meus cabelos. Primeiro, iria diminuir as pontas. Eu ficaria menos feminina. Depois, ele iria pedir desculpas.

"Filho, eu só quero seu bem. Eu quero que você pare com isso. Você para com isso, viu?"

"Foi tua mãe que te deixou assim. Foi ela. Foi tua tia. Tua avó!"

[Cortas as roupas com a tesoura. Fecha a tesoura e aponta para a própria garganta.]

Jezebel: Eu queria morrer. Diante daquele espelho, eu era agora uma caricatura de mim mesma. A morte talvez tivesse a cara daquele reflexo. O sentimento que eu tinha naquela hora, era que a morte se aproximava de mim. Toda vez que eu tentava emendar as minhas roupas ou os meus cabelos, eu pressentia uma morte...

[Tira a tesoura do pescoço]

Jezebel: Fiquei dois dias sem comer. Fiquei dois dias sem beber. (Pausa) O que mais me doía era perceber os olhares ainda mais estranhos em cima de mim. Aqueles milhões de olhos me fuzilando; olhando minha alma toda emendada.

[Pausa. Caminha para a esquerda.]

Jezebel: Não, mãe. Mãe! Mãe? Não seria bom ter um pai. O fato de eu não saber quem era ele, nem ter visto seu rosto debaixo da terra jogada sobre ele. (Pausa) Nada. Nada disso precisei. Não, mãe. Mãe. Mamãe! Mamãe? Nada disso. Tudo teria sido diferente. Não seria. Não foi. (Pausa) Eu teria sofrido mais. Ele teria desejado minha morte. Minha morte, mãe. Era isso que a senhora queria? Mãe?

[Pausa]

Jezebel: "O último suspiro dele foi teu nome. Sim, teu nome. Ele repetiu três vezes".

[Pausa. Jezebel ri.]

Jezebel: Ele nunca saberia meu nome. Era impossível que ele soubesse meu nome. Ele teria feito eu engolir o meu nome. Eu teria morrido engasgada porque ele iria me forçar a dizer meu outro nome. Outro nome, mãe! E seu eu tivesse ido ao encontro dele e ouvido ele dizer meu nome? (Grita) Meu nome!

Não quero mais saber desta carta. Olha o tanto de mal que este passado me fez. Ele estava bem guardado numa lembrança que eu nunca tive. Eu nunca precisei dele. (Pausa) Pai é pai, pai é pai. Pai é pai, mãe? A senhora nunca precisou dele. Ele nunca precisou me ensinar nada. Eu aprendi tudo sozinha. (Pausa) E o que eu teria aprendido com ele, hein? Ele ia me dar um terreno para roçar; calejar minhas mãos; dizer coisas de homem. Ele teria me feito fazer coisas de homem; ele teria dito: age como homem Carlos Henri... (interrompe). Eu nem me lembro do rosto dele. (Silêncio)

Eu não me lembrava mais deste nome. Há tempos que nem sonhava mais com ele. Porque toda vez que me lembrava dele, aquela sensação de culpa vinha de novo. Aquela voz me assustava de novo. Me assustava dizendo: (coloca a tesoura no pescoço) "Você matou ele".

"Vo-cê ma-tou ele de desgosto."

[Luzes se apagam]

CENA V

[Luz sobre a tela. Sombra de uma silhueta feminina. Sombras de pessoas andando. Som de carros. Luzes se alternam.]

Pessoas: Sai daí, vi-a-do!

Jezebel: Sou vi-a-do mexmo. E daí, playboyzinho?

[Ovos ou outros rejeitos são jogados sobre ela.]

Pessoas: Vai pro inferno, aberração!

Jezebel: (Vocifera) Eu sou travesti. Meu nome é Jezebel!

[Ela se esquiva dos objetos jogados. Sai detrás da tela se limpando da sujeira. Manchas vermelhas e amarelas.]

Pessoas: Jezebel dos inferno!

Jezebel: Dos teus pesadelos!

Pessoas: Aidético!

Jezebel: Vocês são câncer desta cidade, mas querem meu corpo! (Mostra os peitos)

Pessoas: Joga pedra nela! Sai daqui, seu arremedo de mulher.

Jezebel: Eu sou a mulher que você sonha!

Pessoas: Teu lugar é no inferno.

Jezebel: E ainda vou queimar tua bunda! Vou te marcar que nem boi. Vou te mostrar que sou mais do que mulher.

Pessoas: Sai daqui!

Jezebel: A rua é meu lugar. Eu já tomei isso aqui. Saiam vocês. Deixa eu trabalhar! Deixa eu existir. (Chorando) Deixa eu existir!

CENA VI

[Senta-se de frente para a plateia. Puxa um cavalete e começa a pintar.]

Jezebel: Eu estudei artes plásticas lá numa ONG do bairro. Uma professora missionária nos ensinava a pintar. Eu achava tão bonito aquilo.

Mas, minha mãe pensava que eu tava na faculdade, estudando Biologia. Ela não se importava muito. Até que um dia eu usei uma baby look bem apertadinha pela primeira vez. O Bryan tinha me emprestado. Todo mundo sabia que era gay, e por tabela, eu também era chamado de viadinho. Ele conseguia umas coisas diferentes. E eu curtia muito usar.

    Eu começava a me vestir diferente. Aí, minha mãe começou a estranhar. Ela começou a se desfazer de daquelas roupas, até que, um dia, jogou todas fora. Aí, o inferno começou. Ela me hostilizava o tempo todo. Em protesto, ou seria minha afirmação, coloquei batom pela primeira vez. Aí, ela me colocou para fora de casa. Foi quando conheci Maria, por causa da Joana, a acrobata do circo que passava pela cidade. Eu disse "quero viajar com vocês". Maria logo me adotou. Viu meu rosto pintado, pensou talvez que fosse ator. Joana tinha feito teatro e me ensinou vários truques. Joana logo me adotou como um irmão que nunca tivera. Depois de algumas viagens, meses, a Joana conheceu um cara e se fixou aqui. Me alojou neste galpão de uma ONG. Foi onde eu achava algumas telas para pintar. Antes morava mais gente, mas depois eles foram sumindo. Tinha uns ensaios aqui. Era bom. Foi aqui que vi algumas leituras de Medeia, danças contemporâneas. Aí, ficou só eu e Dudu. Bem, Dudu é filho da Joana. Dona Maria nem imagina que cuida do próprio neto. Mas, agora ele é meu filho. Eu quem cuido dele. Família não é quem cuida?

Pois é, Joana queria abortar. Eu não deixei. Ela teve o bebê. Inventou para mãe que ia viajar numa turnê de uma peça, aí eu fiquei com o Dudu.

Tão frágil aquela coisinha. Aí eu disse "meu Deus! Como é que vou criar esta criatura?".

Eu juro que procurei fazer de tudo para criá-lo, não deixar faltar nada. Fui ser cabeleireiro, mas não deu muito certo. Para outros empregos, eu tinha que voltar a ser Henrique. Não, eu disse. Aí conheci a Kássia Hunter, uma *drag* famosa aqui do coletivo da Joana; fazia bicos como *drag*. Ela me via cantar para o Dudu aqueles *embromation* e aí me pediu para fazer show lá numa boate. Pois é, depois conheci umas meninas. E logo fui pra rua. Era um dinheiro mais fácil. (Pausa) Mas, dessa história vocês já estão cansados de saber, né?

[Mostra a tela. Ela vai passar o batom]

Jezebel: *O batom/era uma armadilha*

No desejo, no calor, na agonia.

Tudo a seu tempo: o gozo, a palavra, a despedida.

Pra mim, só restava à partida, a dor e a terapia.

E os falsos cabelos amontoados sobre o tapete

Tua paz comprada em troca do medo

E o amor sempre na base do interesse
Teu desejo revelado no ralo do banheiro
Mas, o amor existia no toque e no beijo

Teu valor era a medida da minha solidão
Que rasgou meu peito e quebrou minha invenção
Já que não é aquele homem dos meus sonhos, apenas ilusão.
Nem inverno, nem outono, nem verão.
Aqui no meu coração apenas uma imensidão seja lá do que for: uma tela, uma distração...
Menos o outro lado do colchão.

[Vai para detrás da tela. Sombra de um homem sentado.]

Jezebel: Eu também sou movida de amores. Pensam que somos apenas sexo. Todas nós temos um cliente predileto. Não que a gente o escolha, mas eles nos escolhem. E não sei se há algum merecimento. Mas, eu o tinha como um cliente especial.

O nome dele era Charles.

[Ela dança ao seu redor.]

Jezebel: Ele ficava assim: estático. Para não dizer que não fazia nada, ficava mexendo no seu pinto e dava goles na sua cerveja. Não falava nada. Para não dizer que não falava nada, dizia com o dedo indicador que rodopiava. Parecia dizer "Rebola, minha boneca!".

Eu me entregava para aquele homem. Nem precisava me pagar. Embora eu não soubesse se ele pagava com dinheiro ou outra coisa. Quem recebia era a dona do lugar. Eu apenas fazia o que me mandavam. Mas, eu gostava de fazer o jogo dele, que também era o meu. Éramos jogadores.

Eu gostava de atuar. Eu colocava alguma coisa da Joana ali, eu sempre imaginava o que ela poderia dançar, como poderia mexer os braços, a cintura. Lembrava-me de Joana interpretando Jezebel. Peguei este jeito dela. Eram mulheres fortes. Elas tinham um poder. Mas, para ele, nada disso importava. Ele queria apena o jogo dos espelhos. Eu tinha uma espécie de respeito pelo silêncio dele, pela distância. Tudo parecia bem. A palavra que usávamos era o negócio do silêncio. Eu nunca sabia se ele gozava para fora ou para dentro. No começo, eu achava estranho. Joana falava que havia um segredo na personagem que nunca seria atingido pela consciência.

Por isso, eu deixava que Jezebel fosse a mulher que ele idealizava. Eu era a mulher do Charles. Eu era sua criação. Ele era quem dizia como eu deveria ser. Eu me sentia dele. Mas, naquele dia, naquele mesmo dia, depois de tanto tempo sendo sua garota intocável, e ele meu dono sem muros... Ele me tocou. Fui tocada pela primeira vez.

[Ela para de dançar.]

Jezebel: Ele me tocou. Eu queria entender a mudança. Meu corpo se arrepiou. Por alguns instantes, eu deixei de ser a Jezebel. Mas, eu me perguntava "O que eu era agora?". Por que ele me tocou? Nunca um homem havia me tocado daquele jeito, do jeito que aquece a alma.

Ele me tocou, a música parou, a cerveja acabou...

[Ela volta para a frente da tela.]

Jezebel: Ele me tocou aqui! (Aponta para o seio) Eu queria que aquele afeto fosse de verdade! Então, eu retribuí o toque. Toquei no seu rosto. Ele não disse nada.

Eu pensava que fosse um sinal inconsciente ou consciente, sei lá! Sabe quando alguém aprova e consente no grito de um silêncio? Ou quando parece que algo vai se arrebentar dentro do seu peito?

Peguei na não dele e coloquei de novo sobre meu peito. Assim, ele poderia sentir o meu coração. Eu me tranquilizei naquele momento. (Pausa) Mas, foi tão rápido, demorando o tempo da dúvida.

Eu, então, me antecipei. Dei um beijo nele. Bem aqui. (Aponta para o rosto) Ele se levantou. Me bateu e me empurrou. Caí no chão. Fiquei imóvel. Olhava para o teto cheio de estrelas falsas. Foi aí que me lembrei de uma frase bonita: "Estamos todos na sarjeta, mas alguns resolveram olhar para as estrelas".

[Choro de criança. Ela se levanta.]

Jezebel: Já vou, Dudu! Já vou! Maria... fecha a porta. Até a noite. Obrigada!

[Ela volta para detrás da tela. Debruça-se sobre o berço].

CENA VIII

Jezebel: Sabe, Dudu! Estou pensando aqui quando você tiver que ir para escola. Como vai ser?

Eu não sei. Mas, vou te levar para escola todo dia. Você tem que estudar. Você vai trazer o dever de casa e eu vou te ajudar a fazer. Qualquer um, Matemática, Português. Vou te ensinar tudo que sei. História, história principalmente. Era a melhor disciplina na escola. Eu gostava muito na escola. Eu gostava muito. Sabe, um dia eu vou ser história. Ou eu vou te contar a minha história ou você vai contá-la. Podemos até lembrar juntos. Já pensou quando você tiver sua primeira namorada? Namorada?

É, é melhor que você tenha uma namorada. Vai sofrer menos, pelo menos é o que se pensa. Eu não deveria te dizer isso, mas a gente que é diferente sofre demais.

Você não tem noção como viver é complicado, ainda mais se você vier para desafiar o coro em que todos cantam ensaiados. É bem bonitinho todo mundo cantando bem afinado, tudo parece seguir um curso bem natural, né?

Mas, eu preciso te confessar, Dudu. É difícil estar aqui no meu lugar. Imagina, você ficar enfileirado uma vida toda, cantando como te mandam cantar e aí você desafina. Literalmente!

Ainda bem que você não me vê como um estranho. A Maria diz que você não vai me rejeitar. Que, de tanto ver minha cara, vai acabar me aceitando. Ela diz essas coisas de enxergar problemas no outro, é coisa de adulto, sobretudo por falta de afeto, de empatia pelas pessoas.

Sei lá! Aqui dentro, eu tenho medo de perder você...

Você seria capaz de abandonar? Olha, eu não estou falando mal de sua mãe. Eu entendo a Joana, ela foi feita para ganhar o mundo. Quem dera eu pudesse viajar os palcos do mundo. Viver da minha arte, sabe?

Seria muito bom ter nome num cartaz.

Queria muito ver Jezebel Macmillan. É, bem grande assim! (Pausa) Mas, o máximo que vou ter é o nome escrito em giz branco naquele quadro que fica bem na porta da boate, sabe? No outro dia, tá tudo apagado.

[Pausa]

Jezebel: Ai, Dudu! São tantos medos...

Dia desses, Maria ficou falando umas coisas estranhas, dizendo que eu não poderia ficar com você por muito tempo, que quando soubessem de você, iria para adoção. Parece que ela queria levar você.

Todos os dias, tenho medo de ela levar você. Será que ela sabe que você é o neto dela? E se Joana aparecer por aquela porta? Você vai embora com sua mãe?

[Coloca o bebê no berço, debruça-se sobre ele. Adormece. As luzes se apagam.]

ATO II
CENA I

[Batidas na porta. Jezebel está pintando numa tela.]

Jezebel: Pode entrar, Maria. Tá aberta.

[Um homem entra.]

Charles: Me disseram que te encontraria aqui.

Jezebel: Você? Que tá fazendo aqui? (Aponta o pincel para ele) Juro que sou capaz de te ...

Charles: Calma, boneca!

Jezebel: O que você quer? Aliás, eu não quero mais nada com você, Charles.

Charles: Eu juro que não sei o que deu em mim, saca?

Jezebel: E nem quero saber...

Charles: Desculpa?

Jezebel: O que você quer?

Charles: Fui lá na casa e não te encontrei.

Jezebel: Pois é, depois do que você fez, eu que levei a culpa.

[Ele se aproxima de Jezebel.]

Charles: Por isso estou aqui.

Jezebel: Como assim?

Charles: Eu vim por você!

Jezebel: Deixa de conversa, cara.

[Pausa. Ajeita um lençol no berço.]

Charles: (Aproximando-se) É uma criança?

Jezebel: Não te interessa!

Charles: Você mora sozinho aqui? (Culpado por usar o masculino)

Jezebel: O que você quer aqui?

Charles: Já disse. Vim atrás de ti. Sinto sua falta...

Jezebel: Você é maluco ou o quê?

Charles: Eu queria te tocar. Sabe como é... mas é muito complicado para mim, entende?

Jezebel: Não entendo!

Charles: Eu também não!

Jezebel: E o que tu quer comigo, mano?

Charles: Você não acredita que eu te desejo? Tive até sonhos...

Jezebel: Todos querem meu corpo. Mas, ninguém quer cuidar de mim. Todos querem me tocar, mas ninguém quer me sentir.

Charles: Me dá um tempo?

Jezebel: O quê?

Charles: Me dá um tempo para...

Jezebel: (Interrompendo-o) Tempo pra quê, cara? Eu tava pronta pra te ter de uma forma diferente... Mas, por que eu estou dizendo isso?

Charles: Você gosta de mim?

Jezebel: Eu não tenho perfil para mulher de cafajeste.

Charles: Por que você está me tratando assim?

Jezebel: Por que você recusou minha aproximação? Você sabe o que é sobrevivência? Você sabe o que é rejeição? Você me quer como sua mulher?

Sabe, cara. Eu acho que pra nenhuma das perguntas tu tem certeza de uma resposta. Alguma coisa me diz...

Charles: (Se aproxima dela e tenta tocá-la) Hey, não tenta adivinhar as coisas. Tem como a gente começar de novo?

Jezebel: Você vai querer que eu dance? Vai querer uma bebida? Uma fileira de pó? Aí, num acesso de completa inconsciência, você vai possuir meu corpo e depois confundir seus sentimentos... O que você quer realmente?

Charles: (Enfático) Eu não sei...

Jezebel: Você quer me beijar? (Ela se aproxima dele) Me beija! Quero ver! Consegue me beijar?

[Charles a beija. Jezebel se afasta.]

Charles: O que foi? Não gostou?

Jezebel: Não sei. (Jezebel lentamente se senta e abraça suas pernas contra o peito) Sai daqui! Por favor.

Charles: Mas, o que houve? (Pausa) Sabia que me custou muito este beijo? Eu nunca havia beijado...

Jezebel: Beijado... fala? Beijado uma travesti?

Charles: Não. Não é isso! É que é minha primeira vez...

Jezebel: Você veio aqui apenas para me beijar? Para saber como é? E como é? Diz! O que você sentiu? Vai me dizer que parece com um beijo de mulher? Que meu beijo é doce? Que meus lábios são macios? (Grita) Eu já sei disso! O que mais você quer saber?

Charles: Calma, calma. É diferente. Me dá um desconto. A gente mal se falava, eu sempre te via com outros olhos. Eu não sabia a textura de tua pele. Eu não sabia como te falar algumas coisas, que agora eu não consigo mais sentir, nem vou conseguir dizer. Mas, eu estava tão confuso. E você me tocou... Eu não sabia o que fazer. Algo lá dentro me impedia de te beijar.

Jezebel: O que te impedia?

Charles: Não sei! Mas, o que eu sinto agora é muito mais forte.

Jezebel: Não posso conviver com esta confusão. Como você vai lidar comigo? O meu corpo nu? E se você rejeitá-lo?

Charles: Eu não sei.

Jezebel: Você não sabe. Não sabe o que sente. Não sabe o que quer! Todo mundo comigo reage assim. Não sabe o que pode acontecer. E eu? Como fica meu sentimento nisso tudo?

Charles: Eu vim te ver.

Jezebel: E agora?

Charles: Bem, eu também queria conversar com alguém. As coisas andam tão difíceis hoje em dia. Perdi o emprego. Posso dormir aqui?

Jezebel: Então, é por esta razão que você veio me procurar...

Charles: Bem, eu queria ajuda...

[Pausa]

Jezebel: Sai daqui, seu cafajeste. (Ela joga a paleta de tintas nele. Charles sai silenciosamente.) Desgraçado! (Jezebel joga aleatoriamente tintas sobre a tela, furiosa) Desgraçado. Desgraça.

[Apagam-se as luzes]

CENA II

[Jezebel está sentada no centro do palco.]

Jezebel: Virei artista. Consagrada! Não é assim que tem que ser? Eu mesma não acreditava que me tornaria uma pintora consagrada. Con-sa-gra-da. Mas, parte da sociedade que tanto me abominava resolveu me dar uma segunda chance. Hoje, eu não sei se foi mérito ou pena; se estas oportunidades concedidas pelos outros foram apenas uma parte da culpa e da dívida que a sociedade tem. Uma parte da sociedade que se apieda de você e te coloca num lugar de destaque. Lavam as mãos com o sangue da gente, depois querem limpar com o nosso suor. Eu não podia perder esta oportunidade, embora eu sempre ficasse na dúvida se eu tinha capacidade ou era apenas uma cota da comiseração deles. O meu talento é sempre desafiado por mim mesma. E não existe pior coisa que se cobrar todo dia para se mostrar a melhor. Por isso, eu sou consagrada. Foi o que acabou acontecendo. Mas, ainda persiste a minha dúvida: a sobrevivência veio por milagre, sorte ou por merecimento? (Pausa)

Não virei estatística, o que muito provavelmente muita gente também esperaria. Todos aceitavam a notícia de nossas mortes naturalmente. E o amor? Alguém aí perguntou pelo amor?

Amor próprio, meu amor! É o que muitas de nós aprendemos a ter. Eu acho que a gente se cobra mais do que qualquer outro ser vivente. Amor... Eu acho que amei. Eu acho que me amo. (Pausa) Era difícil acreditar no amor dos outros; respeito eu conquistei. Mas, amor. Amor, eu tive que comprar.

Comprei muitos. Me apaixonei também. (Ironia) Não era pra esta história ter um final feliz?

Então, eu me apaixonei. Mas, todo mundo merece viver e se apaixonar. Mesmo que você nunca saiba se era verdadeiro este amor, ou se havia outro interesse. Não somos seres interessados e desinteressantes? Mas, seria fácil se apaixonar por mim: sou uma pessoa completamente útil agora. Não é assim que o sistema funciona? Cheio de corpos controláveis e funcionais. Todo mundo no quadrado. E olha que eu estou entrando nessa. Tenho que me comportar. (Pausa)

Há alguns anos, ninguém poderia se apaixonar por mim. Minha inutilidade me transformava num ser incapaz de ser amado.

Alguém perguntou se me sinto sozinha? Sim. Eu me sinto sozinha... Desde que Joana apareceu aqui.

[Apagam-se as luzes.]

CENA III

[Batidas na porta]

Jezebel: Entra, tá aberta!

Joana: Jezel

Jezebel: Joana! Amiga!

[Elas se abraçam efusivamente.]

Jezebel: Você voltou? Me conta tudo, mulher... Por onde andava?

Joana: Eu estou bem. Voltei recentemente de uma turnê pelo Sudeste.

Jezebel: Poxa. Quando você vai me levar pra lá?

Joana: Você sabe que não concordo com sua ida pra lá. Vai fazer o que lá? Conheci muitas travestis, e todas estão na rua. (Pausa) Você mudou muito, Jezel... Botou peito. Tá mais feminina.

Jezebel: Não estou te entendendo, Joana. Você sabia que eu queria mudar.

Joana: Mas, Henrique...

Jezebel: O que é isso, Joana?

Joana: Deixa pra lá! Desculpa... (Ela começa a andar pelo quarto) Eu pensei que, cuidando do Eduardo, você fosse mudar.

Jezebel: Mudar o que, pelo amor de Deus? Pelo que sei, o motivo de abandonar o menino aqui era outro. Você se lembra?

Joana: Eu sei (hesitante).

Jezebel: Então, por que esta conversa fiada?

Joana: É que eu pensei...

Jezebel: Vamos parar com esta conversa. Você precisa ver o Eduardo (ligeira excitação). Tá ficando um homenzinho.

Joana: É, eu vi ele!

Jezebel: Foi? Onde?

Joana: Na escola.

Jezebel: (Enfática) Pois é, você o viu!

Joana: Sim. Falei tudo com minha mãe.

Jezebel: O quê? Como assim... tudo? Peraí, Você falou...

Joana: Pois é, Jezel. Contei tudo pra mamãe. Ela brigou, esbravejou. Mas, quando falei que o Eduardo era meu filho... Ela não quer mais o Eduardo aqui.

Jezebel: Como assim? Você aparece do nada, falando assim... no alto de toda esta sua... Joana... por favor, não tira o Dudu de mim. Por favor.

Joana: Eu não posso mais fazer nada. Mamãe foi comigo. Ela já deixava a criança lá todo dia. Aliás, ela já tirou Eduardo daquela escola.

Jezebel: Então, é por isso que você apareceu? Nem foi por causa da criança... Mas, para tirá-lo de mim e limpar tua barra com tua mãe?

Joana: Eu não podia mais esconder tudo isso.

Jezebel: Esconder o quê, Joana? Que você queria abortá-lo? Que fui eu quem escolheu cuidar dele, quando a mãe o abandonou?

Joana: Você não tem condições de criá-lo. Olha isso tudo aqui. Tudo precário. O que você tá fazendo para sobreviver, Jezel? Como anda tua saúde? E outra, tu nem cuida do menino direito... vive na rua.

Jezebel: Você não tem este direito. Você nem gosta do garoto. Como vai explicar para ele?

Joana: Ele está com a avó agora. É tudo que ele precisa saber. E, com o tempo, ele vai aprender a me amar.

Jezebel: Então, diga a ele quando ele crescer, que quem cuidou dele fui cu aqui, ó! Jezebel, uma travesti (começa a chorar).

Joana: Tem coisas que ele não precisará saber...

Jezebel: Você tem razão! Ele nunca precisará saber que você nunca...nunca será a mãe dele.

Joana: Ele vai descobrir mais cedo ou mais tarde, Jezebel. Há uma ligação natural do filho com a mãe! Eles logo descobrem naturalmente.

Jezebel: Você tem razão, e é por isso que ele sempre vai sentir minha falta.

Joana: Não seja bobo!

Jezebel: Boba. Boba? Eu não sou boba, Joana. Você pensa que vai poder enganá-lo o tempo todo! E quando a verdade vier à tona?

Joana: Ela nunca virá!

Jezebel: Por que você tem tanta certeza?

Joana: Você está me ameaçando?

Jezebel: Eu não sou a ameaça aqui. Pense bem, quem poderá ameaçar sua maternidade...

[A luz sobre Joana se apaga lentamente.]

CENA IV

[Spotlight sobre Jezebel]

Jezebel: Eu não pedi para nascer neste mundo correto, mas se pudesse escolher algo numa outra vida, eu queria nascer num mundo imperfeito. Não sei das outras existências, só queria que minha escolha fosse livre, entende? Que eu fosse livre para ser o que eu precisasse ser. Nada mais. Eu não saberia ser diferente do que sou, porque não vejo nada de errado em mim. Por isso, queria voltar num mundo completamente caótico, em que a ordem das coisas fosse outra. Onde as pessoas fossem medidas pela intrínseca vontade de viver.

Eu já quis acreditar que Deus errou comigo (pausa); que cometeu alguma negligência quando foi me fazer, porque tudo na vida tem uma cópia autêntica e outra meio borrada; você tem dificuldade em ler, mas acaba entendendo a mensagem. Não precisa se desfazer, jogar fora. É uma questão de economia, de consciência. Não devemos descartar tudo por conta de letras borradas. Toda carta riscada; toda marca de dúvida ou mesmo as reticências, e até mesmo o silêncio ou a pausa, são todos elementos da nossa comunicação.

Deus não errou na escolha do barro ou na minha forma, ele apenas cansou de nos ludibriar com a perfeição; ele cansou de ser cobrado para que seu projeto fosse completamente perfeito. Então, surgiu o caos em mim, como verdadeira condição da existência. Sem medo, sem hesitações. E se assim fosse, um mundo da desordem, eu seria o padrão.

Aí, aqui estou eu: nem céu, nem terra. Literalmente, no meio termo. Não é isso que falam: "o melhor caminho entre dois pontos é uma linha tor-tu-o-sa, cheia de perigos, armadilhas, charadas, incertezas e es-pe-ran-ças...", não é?

O caminho que escolhi foi-me dado. Já falei que, se pudesse escolher, seria livremente. Liberdade era, desde que me entendo por gente, o bem mais precioso que poderia desejar. E toda esta maldita existência foi uma busca pela a liberdade. A liberdade de ser... Existe algo mais importante do que a liberdade de ser?

O ser é a coisa mais difícil de conseguir, porque depois que o Homem assumiu o papel de Deus, ele buscou apenas aperfeiçoar os corpos úteis... (Pausa)

Para que eu sirvo, hein? Para que eu sirvo, senão para o prazer alheio, para o prazer desconhecido da esquina; o pulo no escuro por dentro de uma janela de um carro; o beijo ou a porrada; a gilete ou tiro na quebrada? Nada nobre; nada de pro-cri-a-ti-vo!

Sou uma mulher que mente para os que não querem ver; que finjo o gozo alheio; que engano as vitrines das ruas; sou uma vampira e durante o dia só sirvo para o desjejum da piada do padeiro ou do jornaleiro que anuncia a primeira notícia do dia. (Pausa)

A dúvida maior dos detentores do mandato de Deus é o porquê de nossas existências, o porquê de nossos nomes sociais e identidades precárias...

Por que não voltamos ao status quo dos corpos felizes (gritando) que transitam na urbanidade nas ruas das cidades...? De novo a "porra" das escolhas certas. Por que será que queremos sofrer? Será que não falta empatia na fé dos cidadãos felizes? Por que não posso encarar a maldade humana como uma cópia imperfeita do projeto inicial de Deus? Por que somos as bruxas? Por que o fogo expia nossas almas dos pecados ao invés de aquecer a alma gélida dos crentes num juízo final?

Eu me pergunto de quem Deus se apiedaria se retornasse agora. Neste mundo... que julga tudo que lhe é diferente.

Quem seriam as ovelhas negras desgarradas a serem reconduzidas ao rebanho? Que filho seria bem recebido se a casa votasse?

Quem atiraria a primeira pedra? Quem me atiraria a primeira pedra?

Quem apostaria seu manto, sua espada, seu escudo? Quem se ligaria a mim como que a própria alma?

Quem me devotaria excepcional amor, que ultrapassaria o amor de mulheres?

A quem, eu pergunto (enfática), Ele viria para dizer que sou a sua imagem e semelhança?

CENA FINAL

[Ela se senta no centro do palco. Spotlight sobre Jezebel.]

Jezebel: (Recompondo-se) Faz treze anos que Joana levou Eduardo. Não pude me despedir, nem lhe falar nada... não pude dizer o que sentia, nem mesmo dizer o que ele significava para mim. Ele foi subtraído debaixo de meu nariz, e nem pude dizer que eu não era culpada. Mas, por que eu me sentiria culpada? O que ele tinha para me dizer? Eu, ainda hoje, fico pensando quais seriam as palavras dele: "não quero ir, não me deixe ir; Joana não é minha mãe..."

Quem ele teria escolhido se pudesse? Mas, como eu sempre pensei em seu bem, devo aceitar que talvez tenha sido melhor ficar perto da verdadeira mãe. Um dia isso aconteceria, e teria sido pior se ele tivesse me abandonado (silêncio).

[Batidas na porta.]

Jezebel: Pode entrar, a porta está aberta.

[Luz. Projeção sobre a tela. Um jovem rapaz abre os braços.]

Eduardo: Mamãe!

[A luz da projeção se apaga. Cai a cortina.]

O Caderno Vermelho de Atos Impuros

Os *quaderni rossi* são os registros em teor de diário dos medos e das coisas ressentidas de Pasolini e serviram de inspiração para meu novo texto teatral.

Este texto gira em torno de Bernardo, que se mistura a uma história criada por ele mesmo. Uma história fragmentada e enredada por personagens enigmáticos e, ao mesmo tempo, tão simplórios que conversam ensimesmados nos seus pontos de vistas. Num momento, parece um diálogo, numa outra cena, um verdadeiro solilóquio.

O amor também é parte desta história, mas é também um amor fragmentado, perdido em alguma memória, sem qualquer linha divisória entre o presente e o passado, realidade e sonho.

O caderno vermelho de Bernardo se abre e se fecha, como se por um toque impreciso; nem mágica, nem esforço próprio; até que companhias estranhas decidem lhe recontar toda a história.

Personagens
Bernardo Pelosi
Ricardo Betti

Fantasma

Entrevistador

Atos

Ato 1 – Destino

Ato 2 – Um *bello ragazzo*

Ato 3 – O espelho

Ato 4 – O cigarro

Ato 5 – Caderno vermelho

Ato 6 – Atos impuros

Cenário

Bernardo e Ricardo vestem um figurino igual. Calças sociais e camisas brancas ou em tom grafite. Sapatos sociais iguais. Cabelos penteados com gel. Um quarto com cama ou sofá e uma mesa ou escrivaninha. Vários cadernos de capa vermelha.

Ato 1 – Destino

Ricardo: Todo mundo queria ler aqueles cadernos vermelhos de Pasolini, mas não era um registro literário qualquer.

É pura curiosidade em saber como ele pensava e, principalmente, o que ele sentia. As pessoas não queriam acreditar naquela bichisse anárquica dele. (Pausa) Sabia que a mãe dele achava que havia uma força do mal que atingia a eles de uma forma diabólica? O irmão foi assassinado por questões políticas e Pasolini morto no dia dos mortos... Que coisa, hein?

[Joga o caderno vermelho, que segurava, na mesa.]

Bernardo: (Pega o caderno e o segura com desinteresse) Você acha que tem coisa de valor literário aqui nestes teus cadernos?

[Joga o caderno no mesmo lugar em que o pegara.]

Ricardo: (Olha com estranheza a ação de Bernardo) Claro. Fui eu quem escreveu. Eu sei muito bem o que está dentro dele: as escolhas; o tempo; aquelas entrelinhas... e você sabia que tem músicas dos...

Bernardo e Ricardo: ...dos Pet Shop Boys (eles falam juntos).

Ricardo: Ainda bem que você sabe como minha mente funciona. Mas, não tem nada a ver com os cadernos vermelhos. Pelo menos, no sentido das coisas ressentidas. Não há nada escondido, nada que está para ser dito; lá, tudo está escrito. Você é capaz de perceber tudo pela poesia.

Bernardo: Quase tudo. (Desdém) Você sabe que não curto muito o que você escreve. Acho tudo tão fragmentado. Precisa o tempo todo ficar juntando as coisas. É muito chato.

Ricardo: Chato é você, que não tem o mínimo de escrúpulo para as suas escolhas de leitura. Nem mesmo aquelas para pura fruição, você consegue escolher o certo.

Bernardo: Por que você gosta de me humilhar?

Ricardo: Esta não é a questão (levanta-se e vai em direção às garrafas de bebida). Você sabe que sou reativo a qualquer idiotice e me pareceu pura idiotice você falar dos meus livros sem ter o mínimo de referências literárias.

Bernardo: (Também se serve de uma bebida) Você me subestima sempre, sempre foi assim. Desconfiado de tudo. Implicava até mesmo com a sombra de Carlos. Se lembra do Carlos? Implicou com o rapaz, fazendo aquela cena patética no restaurante.

Ricardo: Ele me provocou com sua beleza insinuante, falando de minhas loucuras. Mas, você não fazia nenhuma menção de contradizê-lo. Estavam diabolicamente combinados em me provocar.

Bernardo: (Dando um ligeiro gole) Você sequer me deixou te defender ou defender a mim mesmo. Não tem senso de humor; sempre enfurnado nestes cadernos que, diferente do computador, te toma mais tempo escrevendo à mão. Aí, fico de escanteio, esperando... quando você me perguntava se a frase tal fazia sentido (dá outro gole). Caramba! Você está já há anos envolvido neste projeto.

Ricardo: Eu estou quase finalizando o texto. Embora eu o tenha reescrito algumas vezes (levanta-se com o copo na mão, bebe vários goles). Me parece o texto final.

Claro, se você tivesse me ajudado na escolha de algumas passagens, eu teria tido mais tempo com você (dá outro gole, aproximando-se de Bernardo). Se lembra quando viajamos para Roma? Eu dei a última versão; eu só pedi que tu lesse duas páginas...

Bernardo: (Interrompe Ricardo) Olha aí. Era uma viagem para curtirmos o aniversário. Eu tinha combinado contigo que a gente não falaria de aulas e alunos. Aí, depois que saímos do hotel, você tirou seu Moleskine da bolsa e pediu que eu lesse aquelas páginas. (Pausa para outro gole) Ainda bem que não li.

Ricardo: Pois é. Se tivesse lido, não estaríamos discutindo. Toda a bola de neve começou lá em Roma. Se você tivesse me ajudado com o processo da escolha certa, o texto já estaria finalizado. Agora, ele fica aí perambulando nesta mesinha e no meio de nossas conversas.

Bernardo: Até parece uma coisa com vida este caderno. Mas, eu sou bastante inteligente para saber que ele não tem culpa, a não ser de custar os olhos da cara. E você já coleciona um monte deles.

Ricardo: E agora quer me culpar por conta de meus moleskines? E as suas bebedeiras?

Bernardo: Pelo menos eu compartilho com você. Não tá vendo? Estamos aqui falando de seu egoísmo, seus cadernos vermelhos (com ênfase) e o meu uísque; ou melhor, nosso! (ironia/ligeira raiva)

Ricardo: Parece que estou competindo com você. E você não percebe que não se trata disso.

Posso ser um pouco egoísta, mas se não for assim, como poderei me desvencilhar deste rosto feio? E não pense que estou perguntando algo, como se eu quisesse a resposta. Eu já a tenho diante do espelho e nos olhos dos garotos de rua.

Bernardo: (Interrompendo-o) Está aí (outro gole) o sabe tudo, aquele que sabe dizer palavras bonitas... aquele se sabe dos vinhos aos assuntos comezinhos. Não tem nada que o teu coração não saiba, não é?

Ricardo: Você parece irritado. E isso parece que é sério. Eu nunca pensei que meu trabalho fosse o problema, mas agora vejo que a questão é bem maior, e me autoriza dizer que estou dentro desta coisa maior, este complô de fascistas. É isso, não é?

Bernardo: Cheio de rodeios. Para de filosofar, Ricardo (impaciente). Você...

Ricardo: Você tem outra pessoa? Conheceu outro cara por aí, enquanto eu viajava nas minhas aventuras solitárias?

Bernardo: (Angústia) Viagens solitárias?

Ricardo: E não tem sido assim? Onde você esteve quando eu não estava lá de joelhos; quando não podia enxergar que você ficara sozinho este tempo todo? Dói demais encarar a verdade? (Desolado) Mas, você vai encontrar um *bello ragazzo*, especialmente se esse cara te der outros prazeres. Eu rezarei sempre de joelhos por você.

Bernardo: Você deve estar delirando. Ou será mais um de seus personagens perturbados, que você vem criando com suas inseguranças?

Ricardo: Pode ser. (Pausa) Para você, é a mesma coisa, não é? Tudo faz parte da realidade que você inventou. Você me enredou nas tuas histórias e aqui estamos.

Bernardo: (Já alterado. Outro gole voraz. Ri alto.) Eu? Eu não crio. Eu não criei nada. Para falar a verdade, eu caí neste mundo a seu convite.

Ato 2 – Um *bello ragazzo*

[Luzes apagadas. Mesmos figurinos. Mesa de bar. Bernardo sentado. Ricardo se aproxima. As luzes do bar se acendem.]

Ricardo: Você se parece com um personagem de meu livro!

Bernardo: (Administrando um longo gole de seu uísque, olhando-o dos pés à cabeça) Verdade? Como ele é? Sempre quis ser um personagem de filme ou da... História.

Ricardo: Posso sentar?

Bernardo: Claro! (Pausa) Você sempre aborda as pessoas assim?

Ricardo: Dizendo que elas são quase as 300 páginas de um Romance? Que elas podem virar

História? Não. Nem sempre! (Sorriso tímido) Às vezes, elas não demoram o tempo de duas páginas.

Bernardo: É como é esse personagem? Qual o nome dele?

Ricardo: O nome dele ainda está incerto. Mas, quero chamá-lo de Bernardo.

Bernardo: Sério? Cara, meu nome é Bernardo.

Ricardo: Que coincidência (dá um gole). Então, vocês têm mais em comum do que eu imaginava. Posso? (Aponta para o cigarro sobre a mesa)

Bernardo: Claro! (Acende-lhe o cigarro) Seu Bernardo fuma?

Ricardo: Talvez. Eu ainda não sei.

Bernardo: Este cara anda meio impreciso. Mas, pelo menos fisicamente ele se parece comigo, não é?

Ricardo: Para falar a verdade, a partir de hoje, ele terá seus olhos e sua boca (uma longa tragada).

Bernardo: Você é um galanteador! Como soube meu nome? (Bebe um gole) Posso? (Aponta para o cigarro de Ricardo)

Ricardo: Fique à vontade... é seu! Ele não fumava, não é?

Bernardo: Agora você percebe que nem sempre controlamos nossos personagens.

Ricardo: É verdade. Você tem razão. Mas, espero que ele não me desaponte de novo. Ele sabe onde está me levando.

Bernardo: Onde vocês pretendiam ir? (Curiosidade) Era uma viagem sua ou dele? Como era isso?

Ricardo: Eu nunca soube Mas, ela me trouxe aqui.

Bernardo: Mas, o que o autor realmente queria?

Ricardo: (Apaga o cigarro) Ele queria simplesmente encontrar o amor!

Bernardo: Ah! Mas, isso é simples.

[Bernardo se levanta. Uma música toca ao fundo. Ele estende a mão para Ricardo. Ele a segura. Se levanta. Quase dançam abraçados. Se beijam profunda e demoradamente. Depois, voltam a se sentar.]

Ato 3 – O espelho

Bernardo: Não falei que era simples?

Ricardo: Pela primeira vez, a história fugiu do meu controle. Agora é o personagem que toma conta.

Bernardo: Tão fácil controlar você! Digo, é tão fácil assim?

Ricardo: Você começa a me desnudar tão facilmente. Fica difícil desenhar o resto da história. Os personagens estão presos no presente: num bar, frente a frente.

Bernardo: Mas, eu deixei você entrar no meu ringue, e não pense que será fácil me derrubar.

Ricardo: Eu sou da paz, como dizem por aí.

Bernardo: Não me pareceu (outro gole). Você apareceu e assim, do nada, e apostou todas as suas cartas. Eu quase me rendi, sabia? Quase! (Levanta o dedo)

Ricardo: Mas, não era minha intenção.

Bernardo: E qual era, então?

Ricardo: Roubar seu cigarro!

Bernardo: É sério isso? Pensei que quisesse começar uma revolução. Então, iria me chamar para me juntar a ela.

Ricardo: Também. Mas, o cigarro primeiro (irônico sorriso). Mas, você se parece muito com Bernardo. (Pausa) Meu Bernardo!

Bernardo: Pensei que já fosse seu!

Ricardo: Não. Não é isso! (Dúvida) Quero dizer. (Voz embargada) Peraí, Você já é meu?

Bernardo: Eu pensei que você procurava por isso.

Ricardo: Um personagem?

Bernardo: Era isso que você estava procurando.

Ricardo: Agora você está me deixando sem graça. Bernardo não me parecia tão ardiloso, tão calculista.

Bernardo: Até agora, você não me falou muito sobre ele...

Ricardo: Bem, ele era assim como você. Não tinha estes olhos, esta boca, mas eu achei que poderiam perfeitamente ser. O cigarro me trouxe a sua mesa; porém, a verdade é que eu queria estes olhos e esta boca nele. (Silêncio) Sabe como é, né? Eu precisava ver de perto.

Bernardo: Vai mudar muito nele... agora que nos beijamos?

Ricardo: Claro. O beijo estava muito próximo do que eu imaginava, mas me parecem meio estranhas todas estas coincidências.

Bernardo: Não é diferente pessoalmente?

Ricardo: Entenda. Não era eu quem beijava Bernardo. Na trama que eu estou desenvolvendo, acho que ele tinha seu jeito. O beijo foi todo pensado assim. E se aproximava muito do que eu estava pensando. Embora eu sentisse que algo faltava nisto tudo.

Bernardo: E do que mais você precisava?

Ricardo: Como te disse, eu perdi o controle dos meus sonhos e lutas.

Bernardo: Como assim?

Ricardo: Eu fui a nocaute!

Bernardo: Mas, nem começamos a revolução.

Ricardo: Então, isso quer dizer que, desde o começo, eu já havia me rendido a você. Mesmo antes da primeira linha.

Bernardo: Não existe isso. Antes você queria apenas um cigarro. (Pausa) E eu precisava de companhia.

Ricardo: Então, não estávamos jogando esse tempo todo?

Bernardo: E não é assim no jogo do amor?

[Ricardo estende a mão para Bernardo. Os dois se beijam novamente. Música ao fundo. Saem do palco de mãos dadas.]

Ato 4 – O cigarro

[As luzes se apagam lentamente. Em segundos, eles retornam.]

Bernardo: (Beijando Ricardo no rosto com carinho) Promete que não vai ficar chateado?

[Joga o caderno vermelho sobre a mesa.]

Ricardo: (Sentado à mesa) Deveria?

Bernardo: Não fique. Mas, não gostei muito da história (novamente o beija).

Ricardo: Eu não me surpreendo. Talvez me surpreendesse se você tivesse entendido alguma coisa...

Bernardo: (Arrumando a bolsa) Pedi para que não ficasse chateado.

Ricardo: Você nunca leu minhas coisas, e quando vai ler, pega o caderno... justamente o caderno cuja história nem terminei.

Bernardo: Ah, não? Para falar a verdade, eu estava procurando o moleskine onde você escreveu a história do Bernardo.

Ricardo: Bernardo? (Cabeça baixa, escrevendo compulsivamente) Não me lembro deste personagem.

Bernardo: Como não? Já esqueceu como nos conhecemos?

Ricardo: (Sem demonstrar interesse) Ah, aquela história nunca existiu. Queria que se juntasse à revolução. Mas, para falar a verdade (irônico), eu queria mesmo era um cigarro.

Bernardo: (Ligeira decepção) Verdade?

Ricardo: Tudo mentira anárquica (sorri).

Bernardo: E ainda por cima ri?

Ricardo: Relaxa, você, como todo *bello ragazzo*, tem uma beleza que não precisa falar.

Bernardo: Bem que mamãe avisou para ficar longe de escritores. São todos misteriosos.

Ricardo: Mas, há grandes diferenças entre poetas fingidores e escritores sábios.

Bernardo: É uma piada? (Joga uma camisa sobre Ricardo) É, não é? Meu pai entregou um poema para minha mãe e ela ainda hoje acredita nele. E você só diz histórias sem graça.

Ricardo: Como assim? (Reação neutra) Falei que sua boca e seus olhos me chamaram a atenção. Sem mesmo saber o que tinha por debaixo da cueca. Você achou tudo isso sem graça? Era tudo sobre você: A BELEZA SILENCIOSA, INGÊNUA.

Bernardo: Sei lá. Agora não tenho mais certeza de nada (joga outra camisa dentro da bolsa). Tudo parece mentira.

Ricardo: Não pense assim (levanta-se e fica de frente para o amante). Eu quis você e apostei o que eu tinha. Para um homem feio que nem eu, o que eu tinha era meu dom. Não era mentira.

Bernardo: (Olha fixamente para o amante) Eu não sei definir o que sinto agora. É dúvida, depois vem uma ligeira alegria.

Ricardo: (Voltando às escritas) Escolha sempre a alegria!

Bernardo: É isso que sempre tenho feito. Mas, confesso que, às vezes, seria mais fácil ficar perdido na dúvida.

Ricardo: (Vira-se para ele) É assim que você pensa? Acha que viver é uma coisa inteligente?

Bernardo: Não me cobre inteligência, mas VI-RI-LI-DA-DE. Quando eu a perder, será mais difícil.

Ricardo: Eu gosto desta palavra na sua boca.

Bernardo: Você e sua mania de escolher palavras.

Ricardo: Não é assim. Eu não escolho palavras, mas cenas. Mas, desde que nos encontramos, eu te falei que perdi o controle.

Bernardo: E como vamos fazer a revolução?

Ricardo: Eu não quero mais vê-las assim.

Bernardo: E como você as vê?

Ricardo: Não me faça perguntas difíceis. Somente na ficção eu encontro respostas para os outros.

Bernardo: Pois é! Antes tudo fosse apenas um jogo de sedução. E tudo seria mais fácil. Eu queria tanto que Bernardo fosse um personagem que seduzisse a todos.

Ricardo: Por que acha que as respostas dos personagens são as mais apropriadas?

Bernardo: Eu não sei de nada.

Ricardo: Vamos viajar?

Bernardo: Sair desta história e cair noutra?

Ricardo: Não fale assim. Estou quase terminando o livro. Tão logo assine o contrato com a editora, vamos ganhar bastante dinheiro.

Bernardo: Eu não entendo você. Não sou movido apenas a dinheiro, como possa parecer.

Ricardo: (Retorna para a mesa) Eu acho que resolveria muita coisa.

Bernardo: Quer saber de uma coisa? Acho que você deveria ir nesta viagem sozinho. Rever sua mãe seria muito bom. Há tempos que você não a vê.

Ricardo: Você não quer ir comigo?

Bernardo: Sim, melhor eu ficar por aqui. Muitos negócios... sabe?

Ricardo: Sei... tempo para os outros (fechando o caderno). Está decidido, vou sozinho, então. Assim, terei tempo de terminar estes cadernos vermelhos e, quando voltar, tudo estará do mesmo jeito.

Bernardo: Nos veremos em breve.

Ricardo: O tempo desta pequena ausência será bom para nós dois. Será tempo também para pensar em outras histórias. Aliás, será tempo também para você fazer algo para si mesmo, e parar para pensar que não basta ter juventude e beleza. A mudança é sabedoria e o tempo apenas um espaço para as dúvidas! Não deixe que a beleza te encha de certezas.

[Luzes começam a esmaecer. Bernardo estende a mão em direção à figura de Ricardo, que desaparece numa velocidade ligeiramente maior. Antes que estas se apaguem.]

Bernardo: Eu não estava falando sério.

Ato 5 – Caderno vermelho

[Centro do palco. Uma luz em spot ilumina vagarosamente o caderno de capa vermelha que Bernardo segura.]

Voz em off de Ricardo: Eu nunca fora um homem bonito, mas minha fortuna com o intelecto conseguiu me dar os mais belos rapazes. E eu nunca pensei que fosse registar esta beleza deles e minha quase vontade de morrer em suas belezas silenciosas. E eu podia antever minha morte por homens deste tipo.

Na verdade, este registro é apenas um exercício de memória. Uma tentativa de colocar no tempo cronológico as minhas mais doces lembranças em relação ao poder do amor.

[Passa algumas páginas.]

Voz em off de Ricardo: Não foi nada demais aquele beijo. Antes ele tivesse acontecido mais cedo. Mas, não foi nada demais. Claro que eu sabia o que era um beijo. Aquele beijo dos filmes. Mas, o meu beijo foi superestimado pelo pecado. Era o meu inferno aquele beijo do menino. Minha mãe podia sentir que ali havia pecado. Eu não poderia ter uma ideia fixa de beijar aquele menino.

[Bernardo esforça um tímido sorriso. Passa mais algumas páginas.]

Voz em off de Ricardo: Eu não queria me envolver com Bruno. Todos os outros me pareciam anjos sem sexo. Eu, um típico menino do interior e ele um rústico soldado. Mas, foi por ele que desejei o beijo do pecado. Mas, não era aquele beijo na ponta dos pés. De joelhos, eu poderia beijar sua barriga, seu priápico tétis.

Queria disfarçar aquele sentimento, mas eu deixava de pensar apenas no beijo. Imaginava que todos poderiam ler meus pensamentos. Então, eu e Bruno nos abraçávamos escondido dos outros, o sexo vinha de uma forma ingênua, mas mais natural do que o beijo.

[Um sorriso um pouco menos tímido. Passa mais algumas páginas.]

Voz em off de Ricardo: Mas. amor, amor de uma forma a mexer com todos os mecanismos fisiológicos, foi com Bernardo. Mesmo tendo me entregado a vários rapazes bonitos, ele foi o único que trouxe aquela lembrança do pecado, misturando medo c entrega. Parecia que esquecera como poderia ser um beijo de amor. O afeto mesmo veio dele. O beijo às vezes era secundário, mas para que o amor não fosse visto como algo normal, o sexo era apenas uma sexualidade animal. Eu queria me livrar daquela culpa cristã.

Os beijos eram coagidos sob a pressão rápida do tempo que nos era clandestino. O sexo demorava um pouco mais até o ápice do ato. Com Bernardo, isso tudo se misturava ao cheiro dele, à poeira e água do rio, igual ao de Bruno, mas tinha algo de diferente. Com Bernardo foi um beijo preparado, com convencimento natural dos amantes.

E foi assim, doce como um anjo este momento com Bernardo. Ele nem sabia disso. Como poderia sentir que meu beijo era tão intenso, ainda mais vindo de uma bicha velha e sem beleza natural, nem viço; como ele poderia perceber que, em mim, tudo se dava numa contínua complexidade?

Se eu tinha desejo. Desejo? Eu tive, mas aprendi a desvincular do beijo. O sexo era nosso lado animal, mas o beijo me fez esquecer que minha vontade de sublimar a própria vida era bem mais forte .

[Bernardo abre um longo e dolorido sorriso. Passa mais páginas.]

Voz em off de Ricardo: A primeira vez que tentei o abraço foi na beira de um rio. Ele aceitou meu abraço sem hesitar, esperando pelo desfecho natural de um encontro a dois. Mas, fora um abraço pobre, sem calor. E mesmo que demorasse um átimo de segundo, mesmo antes que pudéssemos entender o significado daqueles dois meninos seminus, uma tempestade no alcançou, molhando qualquer esperança de contato mais íntimo. Restou brincarmos de alguma brincadeira que tivesse a chuva como emolduramento.

[Pausa. Percorre a mão sobre o falo excitado. Passa mais uma página.]

Voz em off de Ricardo: Esses cadernos vermelhos são, agora, o registro dos atos completamente impuros.

[A luz esmaece enquanto Bernardo fecha o caderno.]

Ato 6 – Atos impuros

Entrevistador: Ricardo Betti, que teve sua obra postumamente publicada em dezembro do ano passado, foi contemplado com o maior prêmio literário nacional. Editoras internacionais já adquiriram os direitos autorais de publicação, e o livro O caderno vermelho dos atos impuros será publicado nos EUA, Canadá e França.
Bernardo Pelosi, detentor dos direitos autorais, fala com exclusividade conosco sobre esta importante premiação e os futuros planos para o livro.

[Bernardo se desloca de um lado para o outro, e começa a falar. Luz ilumina todo o cenário.]

Bernardo: Na verdade, o livro foi escrito a quatro mãos. Dividíamos o nosso tempo na escritura do texto. Não foi fácil. Ricardo tinha um gênio muito forte. Quase desisti do projeto. Mas, o nosso amor falou mais alto.

Para falar a verdade, eu não queria que o protagonista morresse. Não, não tem *spoiler* – é parte importante, mas não estraga a história... Então, continuando, a morte era necessária para que o antagonista... sim, sim, o namorado dele é o antagonista... pois bem, o protagonista morre para atormentar o outro por causa do crime... não, não, sobre o crime eu não posso falar (sorriso tímido).

O grande clímax é o sentimento que o protagonista vai nutrindo pelo amante, um misto de culpa e desejo. Ele começa a sentir coisas estranhas, como se o morto quisesse dialogar com ele, tal qual o filme. Sabe aquele filme?

Ao longo da obra, as pessoas são levadas a crer nesse contato entre eles, mas de fato é uma outra pessoa. Aí vão ter que ler o livro para descobrir quem é esta pessoa. Neste momento, há uma ligeira confusão. Mas, aí vai tudo se encaixando... já leu o livro? Hum, então, você sabe do que estou falando. No final, tudo se resolve.

Entrevistador: Conversamos então com o Pelosi sobre o livro Cadernos Vermelhos dos atos impuros. Obrigado, Pelosi. Sucesso.

Bernardo: Obrigado.

[Luzes se apagam. Ricardo aparece na sala/quarto onde está Bernardo. O mesmo figurino, algumas manchas de sangue na roupa.]

Bernardo: (Espantado, afobado) O que é isso? Como você veio parar aqui?

Fantasma: O último jantar... (altera a voz) o último jantar. Seu michê de quinta categoria.

Bernardo: Do que você está falando? Não (aflição). Não pode ser.

Fantasma: Eu queria saber por quê. Por que você...

Bernardo: Não, não. Você não pode me questionar nada. Quem é você?

Fantasma: Você não sabe quem eu sou?

Bernardo: Peraí, não pode ser.

Fantasma: Por que não pode ser eu?

Bernardo: Caramba, você é realmente parecido com ele.

Fantasma: E por que não posso ser ele? (Levanta-se e se serve de uma bebida) Todos vocês me mataram de alguma forma. (pausa) O governo, a religião todos tinham seus motivos. Olhe para a suas mãos... não vê? Não sente?

Bernardo: Mas, você não pode me culpar. Só porque sou o tipo de homem que poderia ser capaz de fazer isso. Você não pode ser real. A história não é essa?

Fantasma: (Ri com sarcasmo) Você disse que teve ação indireta na minha morte. Mas, não conseguiu me matar. Nem sabe com eu criei tudo isso.

Bernardo: Não, não. Você entendeu errado. Quando eu disse que poderia ter sido eu, eu estava me desculpando de algo, justamente pelo que os outros fizeram.

Era tudo verdade até a hora do jantar. Ninguém sabia, então você que queria me comer, e eu nunca daria para você. Só depois que fiquei assustado com sua ameaça.

Fantasma: Então, agora me reconheceu, não é? Foi o cheiro de sangue? Foi meu rosto feio?

Bernardo: (Serve-se da bebida também) Você não entende a complexidade do desejo, o jogo intrincado de ser possuído... não, não (balança a cabeça) tem a ver com sedução e isso você não sabia fazer... se não fosse minha beleza inocente.

Fantasma: Lá vem, lá vem de novo. Claro que tudo isso dependia de você, mas eu ousei no primeiro movimento. Eu não queria outro drink ou uma briga, eu queria um amante. Não me importava se estava certo ou errado, eu queria um amante.

Bernardo: Todos queriam isso!

Fantasma: Mas, você sabia que eu era diferente.

Bernardo: Você sempre se partiu neste demasiado humano e animal. Um rosto para você em Lazio era indiferente. Até que você viesse com a história de suas personagens.

Fantasma: Você sempre estava neste estado da mente, entre o meu ideal e o real. Diga-me. Onde você está agora?

Bernardo: Não interessa! (Bebe sofregamente) Você sempre quis fazer o primeiro movimento, mas nunca te deixei. (Ironia) Se lembra que, na música, você sempre ensaiava o primeiro movimento? (Se aproxima para tocá-lo)

Fantasma: Não me toque. Você não pode; não tem mais este poder.

Bernardo: Por quê? Não fui eu quem te matou! Não tente me convencer do contrário. Você está vivo por conta de um capricho meu.

Fantasma: Eu sei. Mas, eu vim reivindicar o amor.

Bernardo: Não me atormente novamente com esta história de amor. Nenhum de nós soube lidar com isso!

Fantasma: Este é o meu maior erro. Mas eu aprendi com você.

Bernardo: O que você poderia ter aprendido comigo?

Fantasma: Se lembra do jantar?

Bernardo: Claro que lembro. Tomei um vinho bom pela primeira vez.

Fantasma: Pois bem, um silêncio ficou entre a gente. Neste momento, eu me demorei fixamente olhando em seus olhos. Esse tempo foi tanto seu como meu, e no meu tempo, eu pude entender tanta coisa...

Bernardo: (Bebe sofregamente) Não havia nada para você entender.

Fantasma: Os escritores também falham, sabia? Na pausa que você deixou, eu vi suas olheiras, seus olhos fundos, as unhas roídas, a gola da camisa encardida; suas pernas não paravam de mexer. Naquele momento, eu pressenti a minha morte.

Bernardo: Medo da morte? Não havia planos.

Fantasma: Não, não. Você não sentia nada disso. Tudo aconteceu porque te convidei. Se lembra do primeiro momento? Quem deu fui eu...

[Bernado se direciona para a mesa. Coloca o copo sobre a mesa. Senta-se.]

Bernardo: Mas eu já estava sentado. O que poderia ter feito?

Fantasma: Alguém sempre espera pelo primeiro movimento. (Aproxima-se da mesa) Posso sentar?

Bernardo: Que bobagem! Claro que pode. Mas, por que você está repetindo isso? Você sempre aborda as pessoas assim?

Fantasma: Não, nem sempre. Eu queria apenas um cigarro. Posso?

Bernardo: (Pega o cigarro, acende o seu e depois o dele) Aí, eu te perguntei o teu nome...

Fantasma: Não ainda. Mas, eu já sabia o seu.

Bernardo: Ah, sim. É verdade!

Fantasma: Que coisa, né? Eu nunca poderia imaginar que poderia antever a morte.

Bernardo: Eu sinto que muita coisa se encaixa no que já passamos.

Fantasma: Na verdade, eu queria mais do que o cigarro.

Bernardo: Mentira! (Ri) Você disse que ele queria simplesmente encontrar o amor.

Fantasma: E você afirmou que isto era muito simples.

Bernardo: Verdade. Eu falei que era simples.

[Música ao fundo. Luz esmaece. Spotlight centrado neles. O Fantasma se levanta. Estende a mão para Bernardo. Este se levanta. Beijam-se demoradamente.]

[A luz se apaga. A música é interrompida. Spotlight sobre Bernardo. Sentado. O caderno vermelho aberto. Fecha-o e segura contra o peito. Apaga-se a luz.]

Onde Está a Revolução?

PERSONAGENS

ANTON de Antônio

MARC de Marcus

PRÓLOGO

Dois homens estão em buscas de uma revolução. Proclamam-se líderes, visionários. Preparam um projeto de novo *stablishment*. Arquitetam planos e estratagemas. Marcham nus e livres. Mas, algo os impedem de prosseguir. Repensam as estratégias, porém, acabam terminando como antes.

CENÁRIO

Um quarto branco. Tudo branco e com cheiro de água sanitária. Uma mesa, copo transparente com água sobre esta mesa. Dois homens nus conversam. Cada um num canto do quarto.

CENA I – Atos Preparatórios

Anton: Temos que vestir uma roupa vermelha!

Marc: Não vamos usar coisa nenhuma. Vamos ficar nus. Nossa luta não requer este artefato.

Anton: Como assim? Devemos nos paramentar! Que todos nos reconheçam, reconheçam nossa luta!

Marc: Nada de entoar cânticos ou palavras de ordem! (Levanta-se) Vamos nus e em silêncio.

Anton: Que estranho! Assim não vamos conseguir nem sensibilizar os olhos dos incrédulos, apenas dos curiosos... Vamos marchar sem cartazes também?

Marc: (Olha para a plateia) Sim. Vamos nus, sem palavras de ordem, sem bandeiras (faz continência).

Anton: Que diabo é isso? (Levanta-se também. Ambos diante da plateia.) Nunca vi isso antes. Já vi uma mulher empunhando uma rosa; alguém parar um tanque de guerra com palavras; outros mostram caretas...

Marc: Meu caro amigo, nossa luta é outra. Vamos parar o país, mobilizar o mundo conosco...

Anton: (Ri) Como? Com pintos e bucetas... e bundas?

Marc: E por que não? Só isso já seria uma revolução. A nudez muda, silenciosa como arma moral: feita de pintos, bucetas e bundas. Tudo aí tem um sentido...

Anton: Hum (pensativo). Liberdade é sempre uma causa.

Marc: Nem falamos sobre isso ainda.

Anton: Sobre o quê?

Marc: Sobre o que lutamos!

Anton: Mas, você é o líder! Esqueceu?

Marc: (Ligeiramente desconcertado) Sim, sim! Eu deveria. (Pausa) Deveria? Bem, já temos uma estratégia: marcharemos todos nus, como um exército grego.

Anton: Sim, eu entendi isso aí de andar nu por aí. Mas, para quê?

Marc: Hoje em dia, tudo só funciona com certa polêmica. No meio do caminho a gente decide.

[Sentam-se novamente.]

Anton: Como? Por meio de contato visual?

Marc: sso. Pode ser. Vai ser assim (mais assertivo). Marcharemos unidos e, ao longo da caminhada, saberemos sobre o que estaremos reivindicando.

Anton: Quero achar tudo isso interessante, mas não entendi ainda. (Pausa) E se, no meio da caminhada, ficarmos todos de pau duro?

Marc: Hum. É o momento da pausa. Descansamos fazendo sexo: uma suruba. Coletiva. Entende? Coletivo soa bastante contemporâneo hoje em dia.

Anton: Sei não. (Pausa) E se demorarmos muito nesta suruba? Não vamos ficar cansados e parecermos vencidos, satisfeitos?

Marc: Anton, você é um ótimo estrategista. Eu não tinha pensando nisso. (Dúvida) Como vou solucionar este problema? (Minuto de introspecção) Sexo também é uma revolução. Quanto mais tempo durar nossa suruba, mais pessoas se juntarão a nossa causa.

[Começam a andar de um lado para o outro.]

Anton: Isso! (Dúvida) Será que damos conta de tanta gente?

Marc: Eu já fiz isso antes...

Anton: Digo, em relação a controlar os ânimos.

Marc: (Um pouco embaraçado. Bate nas costas de Anton.) Por isso que você será meu encarregado da estratégia do corpo a corpo. Não à toa te outorguei este cargo. (Coloca a mão no queixo. Pensa.) Bem colocado! O ser humano é uma máquina insaciável. (Pensa) Bem! Direi no megafone (Usa as duas mãos para isso): Parem! Devemos prosseguir marchando!

Anton: Mas, não ia ser uma marcha silenciosa? Se falarmos alguma coisa, poderemos ser mal interpretados.

Marc: (Dúvida. Mão no queixo) Verdade. Não podemos ir de encontro aos nossos preceitos já estabelecidos.

Anton: Quais? (Sussurra) E outra coisa. Sendo assim, ninguém poderá gozar alto. Vai ter que ser tudo contido.

Marc: Sim! Vá anotando tudo isso para que não percamos o nosso principal objetivo.

[Anton pega uma caneta e um bloco de anotações.]

Anton: (Anotando) Sim, mas qual é mesmo?

Marc: Já disse: durante a caminhada faremos o contato visual (pisca os olhos duas vezes).

Anton: (Anotando) Sim, acho que estou entendo (cara de insegurança).

Marc: E qual o próximo passo?

Anton: (Sem graça) Bem, para falar a verdade, eu não sei.

Marc: Não pode ser assim, prezado Ministro de Guerra!

Anton: Ministro de Guerra?

Marc: Acabei de nomeá-lo ao posto. Por conta de tanto preparo e tino para a coisa.

Anton: Poxa! (Lisonjeado) Nunca fui tão reconhecido em toda minha vida. Bem, acha que mereço tanto?

Marc: Por isso sua importância. Vá anotando tudo. Recapitulando... vamos marchar nus: bundas, bucetas e paus; sem cartazes ou gritos de ordem...

Anton: E sem urros de gozadas, né? E outra coisa, pode haver intercursos entre homens?

Marc: Que pergunta Anton! (Pausa para pensar) Pensando bem, não podemos proibir. Lembre-se de que o nosso foco é a liberdade.

Anton: (Anotando) Sim, sim. E o sexo entre homens é sempre revolucionário, né?

Marc: Isso. Temos laços com nosso passado histórico. Precisamos deste resgate helênico e bélico como fonte de fortalecimento de nossas demandas. Não podemos deixar ninguém de lado!

Anton: Então, não haverá limites para nossa estratégia de luta, não é?

Marc: (Andando de um lado para o outro) Se limitarmos os desejos, poderemos ter desistências.

Anton: Isso. Exatamente. O movimento deve ser unido.

Marc: Verdade. Está anotando tudo?

Anton: Sim, sim!(Pausa) Outra coisa, comandante.

Marc: Comandante? Peraí! Gostei disto. Comandante. Prossiga!

Anton: Em qual direção marcharemos?

Marc: Sempre em frente. Todas as grandes batalhas foram vencidas indo em direção à frente das coisas. E outra, nunca recuaremos. (Pausa) Bater em retirada está fora de cogitação. Ok?

Anton: Mas, senhor... e as armas deles?

Marc: Não se preocupe. Nossa nudez vai intimidá-los.

Anton: Mas, sempre tem alguém que resistirá e vai meter a bala na gente.

Marc: Bem, podemos penar nisso mais pra frente?

Anton: Tá certo!

Marc: O importante agora é o que faremos quando chegarmos ao poder.

Anton: O senhor vai querer que o chamem como? Comandante será adequado quando chegar ao poder?

Marc: Hum, certamente não. (Mão no queixo) Rei soará antiquado e pretensioso. Comandante desfar-se-á quando tomarmos o poder. Presidente? Diretor? CEO? Hum! (Mão no queixo) Que tal Professor?

Anton: Professor?

Marc: Professor. (Pausa) Depois de tudo que vamos passar, vamos inaugurar o novo. E, para isso, vamos precisar de alguém que nos ensine tudo de novo. Entende?

Anton: Faz sentido. (Pausa) Se estamos prestes a lutar pela mudança, ela vai exigir um novo conhecimento.

Marc: Isso vai dar um trabalho danado. Por exemplo, vamos achar uma palavra nova para todas as outras. Nudez vai cair em desuso.

Anton: E qual seria a outra palavra?

Marc: Não precisa ser outra fora do nosso vocabulário. Mas, por exemplo, quando pensamos em fogo, vem logo a nossa cabeça tudo sendo comido por uma chama, tudo sendo queimado...

Anton: Senhor, teremos que mudar a linguagem mesmo? É tão complicada!

Marc: De fato, mas temos que fazê-lo. Será nossa primeira ação. A linguagem vai mudar. (Pausa) Pense num novo vocábulo para nu.

Anton: Mas, senhor, isso não é da minha alçada! (Para de anotar)

Marc: Como assim, Ministro? Estamos juntos nesta. Nenhum estadista pensou nisso antes. Pense! Vamos, ajude-me!

Anton: Tem que ser um monossílabo? "Nu" tem cara de ser uma palavra suja, pesada...

Marc: Pode ser pequena ou grande; leve ou pesada... tanto faz. Tem que ser simbólica.

Anton: Pode ser "fé"? O "nu", quer dizer, a fé é revolucionária.

Marc: FÉ? Aí seria uma palavra feminina. Não, não. Tem que ser uma palavra masculina. Já pensou: A fé do homem incomoda! Além do mais, FÉ já está incorporada a um atavismo muito antigo, contra o qual não podemos lutar. Não, não. Esqueça tudo isso!

Anton: Professor, o senhor não disse que ia mudar o vocabulário?

Marc: Anote aí, anote aí! Vamos deixar isso para mais tarde. Vamos focar na liberdade, então. Isso me parece mais importante.

Anton: Sim, boa parte das guerras é para alcançar a liberdade, depois vem a paz, depois comida, depois o "nu", quer dizer, a fé. Viu, já estava incorporando com a ideia da troca!

Marc: Foco, ministro. Foco! O tempo está se aproximando!

Anton: Deixa eu voltar para o começo. Como vamos identificar o senhor na multidão se estaremos todos nus?

Marc: Já falei: nada de indumentárias.

Anton: Mas, senhor, e se aquele povo todo que vai entrando na marcha, que tá participando da suruba... e se alguém mexer com o senhor? E aí?

Marc: Não há o que temer! (Empolgação) Pensado bem... (Hesita)

Anton: (Empolgado) Já sei: Uma fita vermelha enrolada na cabeça do seu pinto... assim todo mundo saberá que és o Professor.

Marc: Você acha que devemos criar hierarquias?

Anton: Estamos criando um movimento, senhor. Não há registros de comandantes nus com laços vermelhos ao redor do pinto.

Marc: Muito bem, assim vai ser. Mas, vamos precisar registrar tudo isso numa ata, ou num documento público.

Anton: Sim, publicidade em todos os atos emanados pelo Professor. (Pausa) Professor mesmo? (Dúvida)

Marc: Sim, professor (mão no peito).

Anton: E eu, enquanto Ministro, o que usarei? Fico com medo dos anônimos na turba de pessoas.

Marc: Qual seu medo, Ministro?

Anton: A coisa pública, sabe? Dizem que as pessoas depredam tudo, saqueiam. Tenho medo disso.

Marc: Você deve pensar nisso. Já está decidido que vou usar a fita vermelha ao redor do pinto.

Anton: Pois é, como vou demonstrar minha inferioridade ao senhor e superioridade em relação aos outros?

Marc: Já sei... amarre uma fita vermelha ao redor do dedo indicativo da mão esquerda. Todos saberão que és o homem que amarrou a fita vermelha no meu pinto!

Anton: Isso. Só eu poderei fazer isso (empolgado). Estou anotando, senhor.

Marc: E você deverá fazer um curso específico, para ter expertise e para que não aperte muito o nó no meu pinto!

Anton: Sim, senhor! Estou anotando.

Marc: Bem, será que estamos pensando em tudo? (Pausa) Em que parte estamos mesmo?

Anton: Bem, seguimos as anotações no momento da conquista. Tomamos o poder. Vamos mudar o vocabulário: a fé pelo nu, ops, o nu pela fé... e depois?

Marc: Eita, o depois! (Assustado) Eu não tinha pensado nisso! Mas, também (ligeira irritação) perdemos muito tempo com estas coisas de laços vermelhos na cabeça do pinto que esqueci de traçar este plano sobre o depois...

Anton: Mas, senhor, temos que pensar em tudo. Mas, e o depois?

Marc: Bem, temos que garantir a liberdade. Não podemos repetir os erros anteriores. Não quero ninguém tirando o laço da cabeça do meu pinto por conta de um impeachment.

Anton: Nem pensar, senhor. Não quero perder meu posto de Ministro.

Marc: Mas, é prioridade agora que pensemos no depois.

Anton: Verdade. Estou anotando. Depois do meu curso de amarração de fitas e nós... o que mais?

Marc: Temos que pensar....

Anton: O discurso no grande púlpito. Nenhuma vitória é feita sem grandes discursos, senhor.

Marc: Você tem razão. Então, você escreverá o meu discurso.

Anton: Mas, comandante, além de conter o povo na suruba e amarrar o seu pinto, eu vou ter que fazer o discurso também?

Marc: Você é capaz de fazê-lo. Tenho certeza.

Anton: Mas, se vamos mudar a linguagem, as palavras, como eu vou escrever algo que os outros entendam?

Marc: Eu não havia pensado nisto. A reforma tomará tempo.

Anton: E segundo meus cálculos, gastaremos muito tempo com a suruba. E sem gritos de ordem, não poderemos pedir que as pessoas estudem a nova língua.

Marc: Você tem razão. A reforma tem que esperar.

Anton: Manteremos a mesma língua. Faremos o discurso, depois a reforma.

Marc: O importante é que a reforma saia. Preciso imprimir minha marca neste governo.

Anton: Mas, antes do discurso, temos que pensar que todas aquelas pessoas, logo depois de um longo tempo de caminhada e gozada, vão estar famintas.

Marc: Poxa, você pensa em tudo. E agora?

Anton: Uma população cansada, esfomeada e gozada é capaz de tudo!

Marc: E se saquearmos tudo que estiver em frente?

Anton: Seria um caos, senhor. Sairíamos de nosso plano de garantir a liberdade. Sendo assim, teríamos que promover a paz primeiro, ou a comida.

Marc: Verdade. E isto mudaria tudo!

Anton: Por que não mudamos o plano?

Marc: Não! Já está decidido. Vamos até o final. (Pausa)

[Toca uma sirene. Eles se agitam. As luzes apagam.]

CENA II – A Marcha

[Os homens aparecem vestidos com camisas de forças ou longas camisas com mangas compridas. Estão marchando, sem sair do lugar. Nus, de costas, eles marcham. Uma fita vermelha no chão.]

Anton: Senhor, a faixa de seu pinto caiu.

[Coloca-se de joelhos à frente de Marc. Coloca a faixa no pinto dele.]

Marc: Muito bem! Continuemos.

Anton: Senhor (Olha para trás), o senhor quer saber quantas pessoas têm atrás da gente?

Marc: Schiiiii (coloca o dedo entre os lábios em sinal de silêncio).

Anton: Mas, senhor!

Marc: Sigamos!

[Continuam marchando sem sair do lugar. Anton olha ligeiramente para trás.]

Anton: Tem um cara com um cartaz!

Marc: Tem? (Com curiosidade) O que está escrito no cartaz?

Anton: "Viva os bundas moles!"

Marc: Como?

Anton: É o que está escrito, senhor. Ele está marchando conosco. Mas, está gritando!

Marc: Bunda mole? Mas, como? (Olha para a sua própria bunda)

Anton: É uma reivindicação justa. Ele está nu. Talvez esteja lutando em causa própria. Como nós (sussurra).

Marc: Mas, o cartaz não pode ser levado em nossa passeata.

Anton: Pensando bem, senhor, como vamos saber quais são as nossas reivindicações?

Marc: Pensando bem, deixe esse maluco reivindicar. Sei que não é sobre minha bunda.

Anton: (Olha para a sua bunda) Nem a minha (sussurra). Olha! Tem outro cara entrando na nossa passeata. Ele também traz um cartaz consigo!

Marc: Poxa, mais um? E o que ele diz?

Anton: Peraí. Não consigo ver. Não dá pra ler.

Marc: Deve estar em outra língua (excitado). Estamos atingindo o público estrangeiro!

Anton: Tá escrito assim: *I DON'T BELIEVE IN GOD. GIVE ME A HUG!*

Marc: Hum, um ateu entre nós?

Anton: Mas, senhor, não podemos abraçar nenhuma causa religiosa. Devemos?

Marc: Não devemos. Vamos! Vamos continuar marchando. Se aparecer algum cristão naturista, nós o abraçaremos.

Anton: Mas, existe isso de cristão naturistas?

Marc: Nada impede. Schiiiiiii. Marchemos!

[Continuam marchando sem sair do lugar. Anton olha novamente para trás.]

Anton: Senhor!

Marc: Schiiiii! (Pausa) O que foi desta vez? (Sussurra)

Anton: Senhor, o cara do cartaz das bundas moles sumiu!

Marc: Mas já? Perdemos um companheiro. Ele parecia tão engajado!

Anton: Talvez, ele tenha se sentido isolado... Ninguém tinha bunda mole aqui.

Marc: Deixe pra lá! (Com tristeza) Precisamos de pessoas corajosas e que sigam conosco até o fim!

Anton: Isso mesmo!

Marc: (Curioso) Quantas pessoas nos seguem agora?

Anton: Agora estamos sozinhos!

Marc: E o ateu?

Anton: Ficou lá atrás abraçando umas mulheres cristãs naturistas.

Marc: Não tem problemas. Sigamos em frente!

Anton: Mas, senhor. Até quando marcharemos?

Marc: Por que a pergunta?

Anton: Já estamos há horas marchando!

Marc: Está cansado?

Anton: Desculpe-me, senhor, sim. Um pouco!

Marc: Tudo bem. Vamos parar aqui!

[Os dois sentam um de frente para o outro, de lado para a plateia.]

Marc: Estamos no caminho certo. Aos poucos as pessoas vão se juntando a nossa causa. Ainda estão tímidas.

Anton: Ufa! (Alívio) Qual o plano agora, comandante?

Marc: Como assim?

Anton: Precisamos juntar mais pessoas. Desse jeito, não conseguiremos fazer a revolução. Revolução tem a ver com muitas pessoas brigando por uma causa.

Marc: Deveríamos ter feito uma chamada no facebook!

Anton: Pois é, seria legal. Mas, o facebook iria bloquear nossos posts se falássemos da suruba.

Marc: Verdade. Mas, pensando bem, poderia causar polêmica. Aí, o povo ia aparecer! Mas, agora, do jeito que estamos... sem nenhum recurso...

Anton: Poderíamos ter feito um LIVE!

Marc: Mas, agora é impossível.

[Silêncio]

Anton: Que tal desistirmos da guerra civil?

Marc: Está maluco? Não há mais jeito para este país.

Anton: Estamos sozinhos, senhor! E com esta ideia de nudez e sem armas, nunca conseguiremos chegar ao grande púlpito!

Marc: E você escreveu o discurso?

Anton: Como, senhor? Que tal improvisar? Que nem aquele povo que grava palestras sobre um tapete circular com um X marcado no chão? Uma luz desfocada... dizem que funciona...

Marc: Hum, já vi um vídeo destes.

Anton: Pois é, mas tem limite de tempo. Quanto tempo o senhor vai falar?

Marc: Não existem discursos longos. Há apenas os discursos de pouca história. Tudo parece temporário agora. (Pausa) Mas, como poderei dizer tudo que queremos em poucas palavras?

Anton: Não pode ser vazio, sem uma plataforma política clara!

Marc: Precisamos inaugurar mesmo este novo? Não dá pra usar o que já está funcionando?

Anton: Mas, senhor, nada aqui funciona!

Marc: E o que vamos fazer de diferente?

Anton: O senhor é que está com a fita vermelha no pinto. Recorda? A autoridade é sua! Sou apenas o Ministro.

Marc: Você é um incompetente!

Anton: Mas, senhor!

Marc: Nada disso! Como poderei fazer algo se o meu ministro é apenas ilustrativo?

Anton: Não é justo, senhor! A ideia da fita vermelha foi minha. Esqueceu?

Marc: Tá bom, tá bom! Podemos voltar a marchar?

Anton: Mas, comandante, não resolvemos nada ainda. Um bunda mole e um ateu desistiram de nós... Como vamos fazer a revolução assim tão minguada?

Marc: Vamos marchar!

Anton: Ok!

[Viram de frente para a plateia e começam a marchar sem sair do lugar.]

Anton: Comandante! Não estamos saindo do lugar!

Marc: Como assim? (Altivo e sem dar importância) Estamos em franca expansão!

Anton: Ainda estamos no mesmo lugar!

Marc: Por que isso agora, Anton? Você tomou aquele remédio?

Anton: (Resignado) Sim. A sirene tocou, ela entrou aqui e tive que tomar o remédio.

Marc: Mas, por quê? Já disse para não engolir o remédio. Você sabe dos efeitos do remédio! Era prioridade que não tomássemos.

Anton: Não tem problema. Logo passa!

Marc: Então, vamos continuar a marchar!

Anton: Sim, sim. Vamos!

Marc: Nossa revolução é justa. Precisamos mudar tudo!

Anton: Liberdade, não é?

Marc: Sim. É isso que queremos! Mas, será que vamos conseguir?

Anton: Podemos parar de novo, senhor? Vamos colocar tudo no lugar?

Marc: Não. Não. Não precisamos arrumar nada. Elas vão se arranjando organicamente. Temos que continuar marchando!

Anton: Como vamos fazer uma revolução se estamos aqui dentro, presos nesta sala?

Marc: Nenhuma parede vai impedir nossa revolução.

Anton: Não passamos de dois malucos!

Marc: Agora somos malucos? Viu o que o remédio fez com você?

Anton: Nada mudou, comandante! Precisamos apenas de um plano de fuga.

Marc: Isso mesmo. Precisamos fugir destas mulheres de branco.

Anton: Mas, o Estado quer o nosso bem-estar! E quando nós finalizarmos a revolução, vamos mudar toda esta política de confinamento.

Marc: Liberdade! Viu? (Abre os braços diante de si) Estamos voltando aos nossos planos.

Anton: Tudo que precisamos é de liberdade.

Marc: Nada de se render às mulheres de branco. Elas nos reduzem a esta tristeza. Se dizem os arautos da normalidade. Quem quer parecer um robô? Nunca vão nos entender.

Anton: Dizem que elas são do BEM!

Marc: Bem taradas. Sádicas!

Anton: Precisamos fugir mesmo!

Marc: A prisão está aqui (toca na sua cabeça). Nós precisamos ensinar a todos como conseguir a liberdade!

Anton: Somos visionários! (Sorriso)

Marc: Mas, estes país está um caos. Nada funciona. Estamos aqui impedidos de ajudá-los. Como se nós fôssemos o problema. Nos interditam e tiram os nossos sonhos.

Anton: Mas, é por pouco tempo. Nossos sonhos não podem terminar aqui. Ainda hão de ver nossos sonhos realizados.

Marc: Não adiantam suas teorias farmacológicas, nem sobre os mistérios de nossas mentes. Tudo já foi dito. (Pausa) Precisamos apenas de uma revolução!

[Marc para de marchar. Anton continua!]

Anton: O que houve, senhor?

Marc: Quantas pessoas nos seguem, ministro?

Anton: (Olha vagarosamente para trás) Senhor. Não tem ninguém atrás da gente!

Marc: Idiotas! (Fúria)

Anton: Sim! Todos. Todos nós somos!

Marc: O quê?

Anton: Por que nos deixamos aprisionar, senhor? Não fomos fortes o suficiente?

Marc: Não diga besteiras! (Pausa) A vida nos colocou nesta armadilha. Nos enganaram dizendo que não havia limites para as nossas ideias.

Anton: Mas, não somos criminosos. Por que estamos presos? Qual crime cometemos?

Marc: (Pausa) SONHAR!

Anton: Mas, quem já foi preso por sonhar? Ninguém é preso por isto!

Marc: Cá estamos! Eles querem tirar nossos sonhos! E a forma mais violenta é a privação dos sentidos.

Anton: Então, não temos solução! Nosso sonho já está em franca destruição. Não podemos nada contra eles!

Marc: Por que diz isso? Só porque as pessoas desistiram de se juntar à gente? Vamos! Levante-se. Vamos continuar a marchar! Não há por que parar.

[Marcham de frente para a plateia.]

Anton: Verdade! Eles não podem se sentir vitoriosos! Anda não nos entregamos por completo.

[Viram-se. Marcham de costas para a plateia.]

Marc: Diga-me, Ministro, quantos estão atrás da gente?

Anton: (Olha de soslaio) Senhor! (Espanto) Tem uma multidão!

Marc: Todas nuas?

Anton: Sim! To-do mun-do nu!

[Marc repentinamente para de marchar.]

Anton: (Ainda marchando) O que houve, senhor? Por que parou?

[Marc vira-se para a plateia]

Marc: Eu sabia que vocês viriam!

[Ele tira a fita ao redor do pinto.]

Anton: Mas, comandante, o senhor não pode tirar a fita!

[Marc abre os braços. Olha para a plateia. Grande pausa.]

Marc: Agora... todos podem começar a revolução!

Um café, por favor!

Alex se aproxima do michê, Ricardo, que está encostado num poste. Ricardo acha estranha a abordagem de Alex, mas os dois estabelecem um diálogo, a princípio, amistoso.

ATO I

Alex: Beleza? Tudo bem? (Desconcertado) Sei que o ponto aqui é seu. Mas, deixa eu ficar um tempo aqui?

Ric: Como assim, mano? Não vai dar muito certo, cara! (Resistente, defensivo) Aqui, cada um tem seu ponto. Tô aqui há anos. (Apontando para o chão) Melhor dar uma volta no parque. Mais lá pra cima, ó! (Apontando)

Alex: Eu sei, cara. Já desci. Os caras falaram como funciona as parada. (Pausa) Mas, é apenas por esta noite. Só pra juntar uns trocados!

Ric: Mas, cara! Sei não... Tu é boa pinta. Vou perder meus clientes. Sei não (jeito marrento). Tu aparece assim... Maluco! (Falando alto)

Alex: Mas, quem sabe não é só um cliente. Se eu conseguir a grana, me mando de onde eu estiver. Sacou?

Ric: E quanto tu precisa?

Alex: Tô juntando uma grana para voltar para minha cidade.

Ric: Ah, então fica aí. Você tem presença. Fica aí. Eu pego este pedaço aqui antes do poste e tu fica detrás. Não avança muito que é ponto do outro lá, ó (faz um movimento com a cabeça para o lado).

Alex: Valeu, cara (ainda sem jeito). Mas, eu não tenho experiência, sabe?

Ric: Problema teu, cara! Como é teu nome, cara? (Se redimindo)

Alex: Alex.

Ric: Cara. Fica aí! Coloca as mãos nos bolsos. Ah, tira esta jaqueta. Tá frio, mas é bom mostrar o corpo. (Alex tira o casaco) Isso. Fica aí. Agora é esperar a mágica acontecer! (Ironia)

Alex: Tá. Beleza! (Pausa) E qual o teu nome?

Ric: (Já impaciente) Meu nome é Ricardo, mas aqui é Ric. Ric.

Alex: Obrigado, Ric!

Ric: Obrigado pelo quê?

Alex: Pela oportunidade. Ninguém lá em cima foi bacana como você.

Ric: Relaxa. Você vai logo, logo pegar um cliente e aí vai conseguir sua grana.

Alex: Valeu, valeu! (Pausa) É assim, né? (Colocando as mãos no bolso e ajeitando a postura. Ric responde fazendo um gesto de positivo com o polegar). Tá frio, né? Não é fácil ficar nas ruas...

Ric: Primeira regra aqui é cada um por si. Se ficarmos de conversinha, vamos assustar a clientela.

Alex: Desculpa. Foi mal (desconsertado).

[Luzes de carros. Faróis ora se aproximam, ora se distanciam. Barulho de motores.]

Ric: Hoje tá foda! Deve ter algum show aí na cidade ou então os caras tão estranhando a gente aqui.

Alex: Poxa, não queria atrapalhar, mas tô precisando mesmo da grana. Quero muito voltar para minha terra. Aqui é uma cidade bem difícil de viver.

Ric: A gente se acostuma e acaba sobrevivendo.

Alex: Por que você continua nessa vida?

Ric: Tu deveria fazer a pergunta pra tu mesmo, né não?

Alex: É diferente.

Ric: Qual a tua, cara? Vai ficar me tirando de tempo é? Por que você veio pra cá?

Alex: Disseram que era dinheiro fácil.

Ric: (Aproximando-se violentamente de Alex, empurrando-o) Qual é a tua, meu irmão? Eu tô deixando você ficar aqui e tu tá de sacanagem comigo? (Mais calmo) Quero ver tu tirar mil numa noite!

Alex: Calma! Calma! (Recompondo-se) Eu não quis te ofender, cara!

Ric: Melhor tu ficar de bico calado então, antes que eu mude de ideia.

[Luzes de carros. Ric coloca e tira as mãos dos bolsos. Segura seus órgãos genitais por cima da calça jeans, ostentando-os para os clientes.]

Ric: Porra! Ninguém se aproxima. Melhor você cair fora, mano! (Em direção a Alex)

Alex: Mas, você disse que eu poderia ficar até conseguir meu dinheiro, pô!

Ric: Tá vendo que ninguém se aproxima? Percebe?

Alex: Vou ficar mais distante!

[Um carro se aproxima de Alex. Um efeito de luz pode criar esta aproximação. Alex se inclina para ficar a altura da janela do carro. Conversa com o cliente, enquanto Ric espia com o pescoço esticado. Barulho de carro arrancando.]

Ric: E aí, achou fácil?

Alex: Oi?

Ric: Não deu certo?

Alex: Ele fez um monte de perguntas e exigências. Eu não sabia o que dizer, depois perguntou de você. Falei que eu era novo aqui e que você me deixou ficar aqui, aí ele disse que poderíamos sair juntos para um motel. Nós três...

Ric: (Demonstrando curiosidade e interesse) E o que você disse para ele?

Alex: Eu disse que não!

Ric: Mas, por que cara? A gente ia ganhar uma grana boa.

Alex: Mas, eu pensei que fosse atrapalhar... Até porque eu nem sei o que ia rolar entre a gente.

Ric: Como assim, mano? Não tem problema. Rola de tudo! Quer dizer, quase tudo. Mas, a gente tá aí pro que der e vier.

Alex: Não, Ric. Entre nós não ia rolar.

Ric: E por que não? Não faço teu tipo?

Alex: O quê? (Nervoso) Não tem nada a ver com isso.

Ric: Tu não curte caras? Tu não é gay?

Alex: E tem que curtir caras? Quer dizer, tem que ser gay? Você não é gay? (Gaguejando)

Ric: Eu tenho uma noiva, entende?

Alex: Sim, sim. E como foi que tu começou essa vida?

Ric: Cara, tu tem umas perguntas nada a ver... É só fazer o serviço. Mas, tu deve saber como funciona o negócio, se não tu não viria aqui...

Alex: Não sei! (Sem graça)

Ric: Como não sabe? Tem todo tipo de boy aqui nesta zona! Já sabe (aproximando-se), da próxima vez, se o cara quiser a três, a gente vai. Beleza?

[Alex consente meneando a cabeça positivamente.]

Alex: Vocês vão se casar? Qual o nome dela?

Ric: (Um pouco resistente) O nome dela é Joana. A gente vai casar assim que puder.

Alex: Deve ser legal ter alguém, né?

Ric: Curto ela demais (entusiasmado). Daqui a dois dias, ela faz aniversário.

Alex: Ela sabe que você...

Ric: Que sou michê? (Alex responde com a cabeça num sinal de positivo) Tá maluco, mano? Ela nem desconfia.

Alex: Mas, como é que... (Ric interrompe)

Ric: Cara! Chega de pergunta!

Alex: Desculpa!

Ric: Relaxa! (Meio bravo. Luz de carro se aproximando.) E tu, não tem ninguém aqui?

Alex: Não, não! (Desconsertado) Mas, eu queria ter um namorado.

Ric: Namorado? Então, tu é gay, né? Eu sabia, eu sabia.

Alex: Como assim? Como é que você sabe? Você me reconheceu?

Ric: Claro! Você tem o maior jeitão! Dá pra ver logo.

Alex: Ah! Pensei que você me tivesse visto em algum lugar.

Ric: Como assim?

Alex: Sei lá! Da noite mesmo. Sabe? De algum lugar que frequentamos. Mas, é bem improvável, né? Cidade grande demais...

Ric: Peraí, tu me conhece de algum lugar?

Alex: Não, não! (Nervoso) Nunca... Nunca te vi antes (distancia-se de Ric).

Ric: Cara, tu é muito estranho. (Pausa) Mas, aqui não é o melhor lugar para a gente ficar conversando.

Alex: Pelo menos, o tempo passa mais rápido. (Silêncio) Que horas tu larga o ponto?

Ric: (Indiferente a Alex) Depende do dia. Geralmente, de manhã.

[Uma luz de farol se aproxima. Logo some.]

Alex: Eu já me apaixonei.

Ric: Não pensei que fosse tão rápido. Por quê? Gosta de homens marrentos que nem eu?

Alex: Por que você acha que é por você? Eu falei que já me apaixonei.

Ric: Pois é, é por isso que você está aqui, né?

Alex: Do que você está falando?

Ric: Muitos caras já se apaixonaram por mim. Muitos até iam no meu antigo ponto porque queriam me tirar desta vida; oferecendo dinheiro a mais. Mas, sabe? Para mim não rola, saca?

Alex: Mas, não seria mais fácil?

Ric: Talvez! (Pausa) Mas, tudo tem um preço, né? Aí, o que foi que você deixou pra trás para vir parar aqui nesta cidade?

Alex: Você sabe!

Ric: Posso imaginar.

Alex: Será?

Ric: Claro! Família, amigos, um grande amor...

Alex: Se eu te disser que fugi da cidade...

Ric: Da crise? Eu também fugi dela. Desemprego. Sabe? Deixei família, mulher, amigos... Solidão tá sempre por perto, mas a gente acaba resolvendo isso.

Alex: E a sua noiva?

Ric: Ela ficou. O moleque também. Entendeu agora?

Alex: (Concordando com a cabeça) Eu não tenho mais família. Uns morreram. Outros nem conheço.

Ric: E para onde você está voltando? Não disse que queria dinheiro para voltar para sua terra?

Alex: Eu menti! Eu queria apelar para o seu bom coração.

Ric: Tá de sacanagem!

Alex: Não, não me entenda mal. Eu preciso da grana.

Ric: Cê tá me tirando de novo...

Alex: Não, Ric, por favor. Prometo que ficarei até conseguir a grana. Por favor, por favor... Todos nós temos nossos pequenos segredos.

Ric: Não estou gostando nada disso!

[Uma luz de carro/farol se aproxima de Ric. Ele se aproxima do carro, inclina-se. Conversa um pouco. Dá volta, e simular entrar no carro. Sai pela coxia. Alex o observa. As luzes se apagam.]

ATO II

[Ric retorna ao ponto. Alex está encostado onde antes estava Ric. Este atravessa o palco até o outro lado.]

Ric: Demorei muito? E você ainda por aqui? Não conseguiu ninguém?

Alex: Um tal de Juarez passou aqui. Parou e perguntou por você. Pensou que eu era você. Eu disse que você não tinha vindo hoje.

Ric: Cê tá louco, mano? É meu melhor cliente. Agora, quer dizer que ele não passa mais aqui hoje... Sai, sai (em direção a Alex, empurrando-o). Este aí é meu lugar. Já te disse que este ponto é meu.

Alex: Tá bom, tá bom... Não precisa empurrar. E outra (ajeitando sua roupa), ele quis sair comigo mesmo assim.

Ric: Quis, é? (ligeiramente desconsertado) São todas iguais essas mariconas... E por que você não foi com ele? A esta hora, já teria conseguido sua grana e vazado. Ele é bem generoso.

Alex: Sim, ele me pareceu bem-educado! Voz pausada, mansa.

Ric: E então cara, por que tu não foi e me deixava trabalhar aqui tranquilo.

Alex: Ele não tava falando sério. Ele queria era você. Ele quis ser simpático. Eu não quis tomar teu cliente.

Ric: Como é que é? Tomar meu cliente? Você perdeu a noção do perigo, cara!

Alex: Quer dizer. Eu quis dizer que não queria interferir nos seus negócios. Eu disse para ele que amanhã você estaria de volta.

Ric: Cara! Vamos fazer o seguinte. Você vai subir com qualquer maricona que passar aqui; qualquer viado... e se manda! Fechado?

[Alex concorda temporariamente.]

Alex: Mas, qualquer um?

Ric: Você não tava precisando da grana? Não era isso? Aqui quem manda é o dinheiro.

Alex: Mas, eu...

Ric: Nada de mas; é assim ou você sai daqui agora. Eu não sei por que tô deixando você ficar aqui.

Alex: Calma, calma. Você tem que me dar um desconto.

Ric: Deixa de papo, cara!

Alex: Peraí. Esqueci de te avisar. Uma mulher parou aqui no táxi, me chamou de Luiz. Ela desceu do táxi e correu em minha direção. Começou a me bater, me chamado de Luiz, Luiz. De repente ela parou de me bater e perguntou cadê o Luiz.

Ric: Meu Deus! Meu Deus! Não pode ser. Caralho! (Ric fica atribulado, andando de um lado pro outro)

Alex: Eu disse que não conhecia nenhum Luiz, mas que aqui na região tinha muitos rapazes. Aí, ela saiu, entrou no táxi chorando. Antes que ela fosse embora, pedi que anotasse o meu telefone que eu ia ver contigo se tu conhecia algum Luiz; e pedi que me ligasse mais tarde. Tu conhece algum Luiz?

Ric: Que merda! Mer-da! Meu nome é Luiz, porra! Merda! Era a Joana, minha noiva! Só podia ser! Mas, como ela descobriu que eu estava por aqui, mano?

Alex: (Aproximando-se de Ric) Não te preocupa. Ela não sabe que o Ric é o Luiz e o Luiz é o Ric.

Ric: Não acredito. Ela tá aqui na cidade. Ela descobriu alguma coisa. Mas, como ela veio parar justamente aqui? Por quê?

Alex: (Encostando sua mão sobre o ombro de Ric) Não fica assim, cara. Ela vai me ligar e vou dizer que não tem nenhum Luiz pela redondeza.

Ric: Será que ela vai ligar?

Alex: Se ela der a volta aqui e abordar todo mundo, vai tirar a dúvida ligando pra mim.

Ric: Você acha?

Alex: Os caras aqui te conhecem por Luiz? Algum cliente te conhece por Luiz?

Ric: Não. Não. Ninguém sabe.

Alex: E agora?

[Uma luz/farol se aproxima. Ric se aproxima do carro e depois se afasta.]

Alex: Por que você dispensou? O cara tava a fim!

Ric: Não estou com cabeça!

Alex: Mas, não é o dinheiro que vale? Desculpa, eu entendo!

Ric: Eu não consigo nem imaginar que ela está pelas redondezas.

Alex: Mas, ela vai ligar. Calma. Ela vai ligar antes.

Ric: Como pode ter tanta certeza, mano? Ela é muito ciumenta. Só vai parar quando me encontrar.

Alex: Ficarei aqui até que ela ligue; se ela for ligar. Então, direi que o Luiz que ficava aqui foi embora para uma cidade aqui perto.

Ric: Tá certo. Tá certo. Assim eu ganho tempo para encontrar alguma desculpa. Vamos voltar ao trabalho. Também preciso deste dinheiro. Quer dizer, nós dois.

Alex: Verdade.

Ric: Mas, não quero nem imaginar que ela esteja por aqui.

Alex: Mas, ela não vai aparecer; ela não vai aparecer de novo.

Ric: Deus te ouça, cara!

Alex: Não vou embora até ela ligar.

Ric: E vamos ficar o tempo todo esperando ela ligar?

Alex: Vamos esquecer isso por um tempo. (Olha em direção da luz que se aproxima) Olha, olha, deve ser um cliente.

[Alex se aproxima, inclina-se e conversa com ele.]

Alex: (Para Ric) Ele que me pagar 500 apenas para acompanha-lo num jantar. Disse que eu impressionaria os familiares e os amigos. Me pareceu um home solitário.

Ric: (Sussurrando) Mas, se a Joana ligar?

Alex: Se ela ligar, eu vou num canto e converso com ela. E digo o que combinamos.

Ric: Cara, eu não confio em ninguém.

Alex: Você quer que eu fique? (O carro arranca) Poxa! Foi embora!

Ric: Não pode deixá-los esperando, ainda mais a gente cochichando assim. Desculpa, cara! (Coloca a mão sobre o ombro de Alex)

Alex: Sem problemas.

Ric: Que loucura! Depois de anos, agora eu tenho que tomar uma atitude. Não dá pra ficar enganando assim por muito tempo.

Alex: Mas, você realmente a ama? Para deixar tudo aqui que você conquistou? Há quanto tempo você está aqui?

Ric: Aqui, já são seis anos! Muita coisa aconteceu já.

Alex: E você nunca se apaixonou de novo?

Ric: Cara! Apareceram muitas mulheres. Eu poderia ter saído dessa! Mas, aí tinha esta história com a Joana. Mas, é mais pelo moleque.

Alex: Qual o nome dele?

Ric: Adriano. Tem três anos. Olha aí (tira a foto da carteira). É um moleque bonito!

Alex: Você já o viu?

Ric: Não. Nunca vi pessoalmente! Só pelo celular.

Alex: Deve ser difícil, né?

Ric: É, mas não tem outra forma! Mas, na verdade, nem sei se o filho é meu.

Alex: Sério?

Ric: E como é que...

[O telefone celular de Alex toca. Ele o atende rapidamente. Ric fica nervoso ignorando os clientes.]

Ric: E aí? E aí?

Alex: Não. Não era ela. Ligação errada!

[Luzes/faróis de vários carros.]

Ric: Caramba! Que nervoso!

Alex: Não adianta a gente ficar nervoso agora. Tô contigo nessa. Fica tranquilo. Vamos esperar que ela ligue. Se um táxi se aproximar, você se esconde ali entre as paredes do prédio.

Ric: Beleza!

Alex: Como você pôde esconder dela este tempo todo?

Ric: Eu nunca me liguei nisso. Ela ameaçou de me processar. Aí, tô sempre mandando este dinheiro. É foda cara. Um dia eu mando tudo para puta que pariu. Me enrolo aqui com uma mulher que ando pegando e me mando daqui.

Alex: Poxa! Você é um homem de sorte. Se não der certo aqui, já tem uma mulher para ti.

Ric: Sorte, cara? Tá maluco! Eu queria tanto fazer aquele exame lá de DNA. Sei lá! Fico preso com a Joana e minha vida virou uma merda.

Alex: O último que namorei quis me matar. Saí fugido da casa dele. Com uma mão na frente outra atrás.

Ric: Sério, mano? Que loucura! Como foi isso?

Alex: Eu tinha acabado de chegar aqui. Um amigo ofereceu emprego de garçom num restaurante. Foi quando eu conheci ele. Namoramos seis meses. Aí, ele me pediu para morar com ele. Foi quando o restaurante fechou. Aí, fiquei com ele.

Ric: Foda, hein? Ficar dependendo dos outros é foda!

Alex: Pois é, mas o cara era maluco. Ciumento. Não podia olhar pro lado.

Ric: Que situação, cara!

Alex: Pois é. A última vez foi mais violenta. O cara saiu atrás de mim com uma faca. Saí da casa dele. Fui para de um conhecido dele.

Ric: Que merda, hein?

Alex: Aí, o amigo, além de dar em cima de mim, me contou que o José; o cara com quem eu tava morando, tinha problemas de *borderline*.

Ric: O que diabo é isso?

Alex: Qualquer coisinha o cara perdia a estribeiras. Tem que tomar remédios controlados, não pode beber álcool.

[Ric dá uma risada.]

Alex: Você ri!

Ric: Já peguei tanta gente assim. Não sabia que era boder... como mesmo?

Alex: Deixa para lá. Bando de gente maluca.

Ric: Pois é. Muita gente maluca por aí! Por isso que, com o tempo, a gente vai ganhando uma malícia para sacar quando o cara é mala ou não.

Alex: E você reconhece aqui, na porta de um carro? Dá pra saber se o cara é maluco?

Ric: Sei lá. Às vezes, Deus ajuda de alguma forma.

Alex: Você é religioso?

Ric: Não sei, mas ele tem ajudado muito. Já escapei de muitas, cara!

Alex: Deve ser muito perigoso. Por isso eu acho que falei besteira que era um dinheiro fácil.

[Alex caminha em direção à frente do palco como que sentasse no meio-fio da rua. Logo, Ric se junta a ele.]

Ric: A vida é literalmente uma aventura; uma loucura que todos nós aprendemos desde cedo a aceitar. Não há mentira maior do que a própria vida, essa eternidade que nos tomou a lucidez e o tempo.

[Alex coloca a mão em cima da perna de Ric.]

Alex: Você tem razão.

[Luzes se apagam e ligeiramente os faróis se acendem.]

ATO III

[Ric e Alex estão em suas posições anteriores.]

Alex: Não se preocupe. Ficarei por aqui, então.

Ric: Daqui a pouco vai amanhecer...

[Uma luz/farol se aproxima.]

Alex: (Para Ric) Olha, é o carro do Juarez. Te esconde! Vou dizer a ele que você ainda não retornou do último programa.

[Alex se antecipa ao carro, inclina-se para falar com o cliente. De fato, o cliente era o Juarez. Eles conversam um pouco. Barulho de carro arrancando.]

Alex: Pronto. Já foi!

Ric: Acho que esta noite vai ser de prejuízo. (Pausa) Mas, peraí, como é que você sabia que o carro era do Juarez? Eu nem sei que carro é o dele.

Alex: Eu decorei o número da placa. Mais uma vez, ele queria que eu fosse com ele. Disse que eu parecia uma cara bacana, que o fato de parecer mais novo chamou a atenção dele... Que facilmente ele me tiraria desta vida. Disse que me pagaria o dobro.

Ric: Que bicha safada! O dobro, é? Poxa, cara, mais uma vez você perdeu o cliente e a grana.

Alex: Não tem problema. (Pausa) Continua de pé sairmos como o mesmo cara?

Ric: Sim, sim. Vamos mandar bala. Por que não sugeriu ao Juarez?

Alex: Bem, eu nem cogitei. Ele disse que queria eu. Enfim, tô meio confuso com isso tudo! Mas, agora eu já sei. Vou propor ao primeiro que aparecer. Tranquilo para você?

Ric: Sim, sim. Acho que estou mais tranquilo. A cada dia o seu mal, já dizia um amigo meu. Sem falar que você parece um cara bacana. Acho que vai ser bom curtirmos juntos. Curte pó?

Alex: Não. Pode ficar de boa!

Ric: (Ric tira um pacotinho branco de seu bolso e serve um pouco na ponta de um canivete) Pronto! Serve para deixar você mais esperto. Mas, pera lá. Só se o cliente quiser a gente vai. Saca? A gente não precisa se tocar necessariamente, certo? Eu faço só ativo. Geralmente, eles curtem dois ativos.

Alex: Como assim?

Ric: Não seja inocente. Você é um cara bacana, mas não é burro.

Alex: Me explica!

Ric: Por exemplo, se for o Juarez, ele me paga para comer ele. Saca? E se a gente pegar ele, vamos os dois nele...

Alex: Entendi!

Ric: Eu pego! Mas, o contrário, não. Entendeu? Eu estabeleço minhas regras. Minha clientela já sabe. Por isso também que me procuram.

Alex: Tem que ser tudo do seu jeito!

Ric: É isso aí! Tem que saber conquistar sua clientela. No começo foi difícil. Mas aí... Tem todo tipo de gente que habita a penumbra da noite, cara! Já conheci tudo que você imaginar... Até o tipo do seu ex... como é? Boder.

Alex: *Borderline*. Olha! Lá vem um táxi. Pode ser ela. Te esconde. Rápido! (Ric se esconde. Pausa) Pode sair. Era só um taxista. Mas, pode ser cliente teu também, né?

Ric: Provavelmente (saindo detrás dos muros). Podia se um empresário que vem sempre em São Paulo. Sempre pega um táxi. Aí, quando ele vem, saímos juntos. O nome dele é Gervásio. Me leva para comer comida boa. Sempre conversamos um pouco a mais. Mas, ele não sabe meu nome verdadeiro, ó! Às vezes, me sinto mal!

Alex: Deve ser legal ter clientes assim! Mas, você acha que eles viveriam uma vida marital com você?

Ric: Cara! Nunca pensei! Mas, são as únicas vezes que eu esqueço que levo esta vida, quando converso com alguém sobre minha vida.

Alex: Tudo que eu também quis nesta vida era ser ouvido, sabe? Você tem sorte, Ric. Posso te chamar de Luiz?

Ric: Prefiro Ric, se não me levar a mal. Mas, o que você quis dizer com sorte? Tá maluco, mano? Isso aqui é uma merda!

Alex: E por que não largou isso?

Ric: Se eu te disser que é por causa do Genésio seria mentira; por causa do Juarez, que é fiel e paga bem; ou por conta do João que me paga para ouvi-lo; ou do Gervásio que me proporciona estas comidas... eu estaria mentindo. Mas, de alguma forma, estes caras tornam esta vida de merda melhor. Entende? Sem falar que é um vício esta vida de ficar seduzindo os caras. Saca? Tem uma coisa de poder. É loucura isso, né não? Você quer largar, mas não larga. Deve ser por causa do dinheiro fácil. Saca?

Alex: Estou quase me convencendo a virar um boy também.

Ric: Você tá doido, é? Só te falei das coisas boas... (mostrando uma longa cicatriz no peito, removendo a camisa) Esta vendo isso aqui?

Alex: (Aproxima-se e toca a cicatriz) Nossa! O que foi isso?

Ric: Foi assim que cheguei aqui. Cheguei assim como você, pedindo um pedaço do ponto de um michê aqui, o Rafael. Ele deixou que eu ficasse. Fiquei um bom tempo. Mas, aí fui tomando os melhores clientes dele. Eu não tinha noção. Numa noite fria como essa, ele meteu o canivete dele no meu peito. Por pouco não pegou no coração. Caí no chão. Não me lembrava de nada...

Alex: E como saiu dessa?

Ric: Coisa de Deus, né? Um cara, devia ser um cliente meu, me pegou e levou pro hospital. Foi umas três vezes lá. Mas, eu não o vi. Quando o médico deu alta, sumi. Voltei pro ponto do Rafael. Ele sumiu, aí fiquei aqui. Nunca mais vi o filho da puta do Rafa, nem o cara que me salvou. Será que foi o anjo da guarda?

Alex: Caramba. Definitivamente, não é uma vida nem um pouco fácil;

[Faróis se aproximam. Alex se antecipa e aborda o cliente. Ric se esconde atrás do poste.]

Ric: E então?

Alex: Ele não topou faze a três.

Ric: Que noite, hei?

Alex: Até que tá sendo legal!

Ric: Você não parece que é normal! Se eu não conseguir grana hoje, amanhã vai ser foda. E você não vai para a sua cidade. Você não fala muito de você. Qual é tua história, Alex?

Alex: Nada! Sou apenas um cara solitário. Mais um nesta noite. Que se apaixonou e continua apaixonado.

Ric: Mas, isso é bom. Claro, se não for pelo maluco do teu ex.

Alex: Verdade. (Pausa) Até o poeta já falou do que um coração apaixonado é capaz de fazer.

Ric: Então, este outro amor ficou lá na tua terra?

Alex: Bem, não tem ninguém lá!

Ric: Mas, seja onde for, temos algo em comum.

Alex: Ele me parecia um homem inatingível. Eu achava que ele nunca me daria trela. Foi preciso só uma vez para me apaixonar por ele.

Ric: É, essas coisas acontecem.

Alex: Quando menos a gente espera!

Ric: E você nunca foi correspondido?

Alex: Eu nunca tive a oportunidade de falar o que sentia. Queria tocá-lo. Sentir aquela vontade de viver nele, o viço da pele...

Ric: Mas, por que você nunca falou o que sentia para ele? Por que não disse tudo que estava preso?

Alex: Eu nunca tive coragem!

Ric: E quando vai ter?

Alex: Eu nunca amanheci assim!

Ric: Pois é, não consegui render hoje. (Pausa) Acho que ela desistiu, né?

Alex: Quem?

Ric: A Joana! Acho que ela não vai mais ligar, nem aparecer. E antes que ela possa aparecer à luz do dia, é melhor ir embora.

Alex: Ela não vai ligar! Ela não vai conseguir ligar.

Ric: Mas, por quê? Teu celular descarregou?

Alex: Não tem história de Joana. Ela não apareceu aqui.

Ric: O que você tá falando?

[Ric se aproxima violentamente de Alex, aperta seu braço, segurando-o com muita força.]

Alex: Eu inventei está história.

Ric: Como é que é, cara? Fala! Fala!

Alex: Eu queria me aproximar de você. Eu queria chegar perto. Eu nunca tive coragem. Passava aqui, mas nunca tive coragem de te abordar.

Ric: Não estou acreditando. Você é mais um desses malucos da noite. Caralho! Porra!

Alex: Não, não sou. Eu queria te dizer o que sinto. Você acabou de me encorajar a dizer tudo. Eu não podia mais ficar esperando. Ficar de longe te observando.

Ric: (Soltando o braço dele) Isto é loucura! Você me fez perder todo este tempo, cara? O que você ganhou com isso?

Alex: Me desculpa. Foi muito difícil chegar perto assim de você.

Ric: E agora?

Alex: Me perdoa!

Ric: Cara, eu não sei por que eu não te meto um murro na tua cara. Mas, não vai rolar nada entre a gente. Saca? Não há a mínima condição da gente ficar junto. Eu não sirvo pra você. Eu não fico nem um pouco comovido com sua história. Sai da minha frente. Sai antes que eu mude de ideia.

Alex: Você não tem nem gratidão?

Ric: Como assim, gratidão? Do que você está falando?

Alex: Quando senti sua cicatriz, não pensei que tivesse sido tão grande o corte. Não sabia que o Rafa tinha te ferido tanto.

Ric: Peraí. Você é o cara daquele dia! (Leva as mãos à cabeça. Aproxima-se.) Esta camisa, a jaqueta que você estava usando (aponta para ela no chão), são as minhas roupas.

Alex: Sim, sim! Fui eu quem te salvou naquele dia. Eu te levei no hospital. Tu não falava coisa com coisa. Tava delirando. Morrendo de frio, perdendo sangue. Fui lá na enfermaria, mas vi a polícia. Aí, não apareci mais.

Ric: Eu não tive oportunidade de te agradecer então? (Silêncio) Obrigado, obrigado! É tudo que posso te dizer, cara!

Alex: (Se aproximando. Mão em forma de súplica.) Deixa eu ser qualquer um destes homens que estão na tua vida? Me tira desse anonimato, da penumbra da noite a te espiar, e zelar pela tua vida. Deixa eu fazer parte de alguma rotina da sua vida? Deixa eu te ensinar alguma coisa que você ainda não aprendeu? Posso te deixar em casa? Posso te levar para o teatro, cinema num domingo solitário?

Ric: (Demora-se) Vem! Vem! Você vai ser aquele homem que vai tomar o café da manhã todos dos dias comigo! Vem!

[Ric sai pela coxia, Alex se levanta, abre um sorriso e sai correndo atrás de Ric.]

Dorothy

PENUMBRA. Uma luz de vela ilumina o rosto de uma mulher. Pela feição dele, o descuido com o cabelo desfeito, o roupão ainda molhado e o olhar percebe-se que a mulher está assustada; acuada. Ela parece estar num quarto – embora tudo indica que não seja seu próprio quarto. Como distração ela folheia um diário que encontrou em cima de uma prateleira.

CENA ÚNICA

[Alice está sentada no centro do palco. A luz da vela ilumina seu rosto assustado. Ofegante como bicho cativo.]

Alice: Uma vela que não quer apagar. Foi tudo o que restou. Não me perguntem por que, mas alguns fenômenos físicos, químicos e sociais mudaram radicalmente depois de algumas décadas. Muitas coisas mudaram. Não sei explicar por quê. Eu não sei. Tudo que sobrou foi esta vela acesa que nunca, nunca apaga; nem por si só, nem por minha própria vontade (Alice assopra a vela várias vezes) Viram?

Eu, você... dizem que tudo acabará se esta vela se apagar. Nem água, nem ar, nada pode apagá-la (apontando para a coxia esquerda). Eu entrei por aquela porta, gritando: socorro, socorro, ajudem-me. De alguma forma, eu sabia que estraria a salvo aqui dentro. De alguma forma, eu sabia que esta vela se apagaria por algum motivo desconhecido.

[Levanta-se e vai para a direita, apontando para o chão.]

Alice: Quando eu entrei, a mulher já estava aqui. Segurava uma vela. Parecia ter uns 30 anos de idade, mas de mais perto, parecia mais experiente. Ela estendeu a outra mão. Com o olhar doce, começou a falar. De repente, a vela se apagou. O corpo virou uma espécie de memória apagada. E antes que sumisse por inteiro, disse: Não deixe esta chama se apagar, minha... (Alice faz o som de um assopro) Ela se foi.

[Alice retorna para o centro do palco. Senta-se. Olhos concentrados na luz.]

Alice: Eu até, hoje não, consegui entender o que ela quis dizer, mas alguma coisa me dizia que eu tinha que ser diligente com esta vela. E estou aqui até então. Lá fora, dava para ouvir algumas vozes, mas eu nunca me aproximava da saída. Um vento frio intermitente soprava lá de fora, e eu ficava com medo de que o vento frio apagasse esta chama.

Lá fora! (Ela olha para a esquerda) Eu vim de lá. Estava correndo. Ele ia me pegar a qualquer momento. Aí, eu ouvi uma voz me chamando: Aqui, aqui, volte, Alice! Resisti um pouco, mas acabei entrando.

[Vai até a prateleira. Pega uma espécie de livro. Volta para o centro do palco. Senta-se.]

Alice: Ficou tudo escuro. Não sabia o que fazer. Peguei a vela de sua mão e, de repente, a vela se acendeu. Meu coração parecia sair pela boca. Minha respiração ficou acelerada demais, nem parecia que eu poderia controlá-la. De lá pra cá, talvez algumas horas... talvez alguns dias, e ela nunca se apagou. Mas, eu tinha medo de que a luz (olhando para a porta) o trouxesse para cá. Então, fiquei quietinha. (Pausa) Qualquer coisa, menos deixar que ele entrasse; que ele me pegasse. Não, não. Tudo, menos ele...

[Alice passa as páginas do diário – ela pensava se tratar de um livro qualquer.]

Alice: Há um grande esquecimento em mim. Talvez, ficar neste escuro seja o melhor para fazer.

Estas páginas não fazem sentindo algum. É uma linguagem escorregadia, cheia de armadilhas. Alguém cheio de culpas. (Ela vai passando as páginas aleatoriamente) Tantos porquês não me trazem respostas. Não consigo me revoltar, não tenho coragem de fugir; os dias passam sem que eu saiba o que é dormir. (Ouve-se o barulho de algo caindo. Alice se assusta.) É ele. Só pode ser ele. (Encolhe-se ainda mais) Eu sinto que é ele. Esse cheiro que sinto só pode ser dele. Preciso ficar quieta, ele não pode me achar. (Silêncio) Será que ele viu esta luz? Será que a luz é para ele me ver? Por que ela não se apaga?

[Alice começa lentamente a se acalmar – se é que ela pode acessar isto neste momento.]

Alice: Acho que ele não entrou. Aquele cheiro foi embora. Acho que ele foi embora. É a quinta vez, nas últimas horas (ela, de fato, não tem percepção precisa do tempo), que ele faz este barulho e ameaça entrar. Acho que está me condicionando a algo. Toda vez que ouço o barulho, entra esse cheiro, como se fosse a presença dele. (Levanta-se. Cuidado com a chama da vela.) Talvez, ele quisesse me manter assim. (Olha para a plateia) Devo fechar a porta. (Espicha a cabeça) Será que tem chave na porta? Será que consigo fechar a porta? (Ouve-se um barulho. Alice se apavora.) É ele de novo. (Respira o ar com dificuldade) É ele! É ele!

[Corre em direção da porta. Tenta fechá-la. Sente alguém fazer resistência.]

Alice: Não, não, você não vai entrar de novo, não vai entrar. Hoje não, hoje não. (Ela consegue fechar a porta. Respira sofregamente.) Agora, agora ele não pode entrar. Não vai entrar. (Volta a se sentar no centro do palco) Essas páginas (folheia). Nada tem sentido. Por que ele se entregou a isso? Por quê? (Olha para a plateia) Por que ele queria morrer?

[Lê uma página. Acompanha a leitura com os dedos.]

Alice: Dois de dezembro, uma quinta-feira, todos dormiam (aproxima o texto da luz) e ele não conseguia esquecer. Tinha pesadelos... (Volta a olhar para a plateia) Este diário está gasto de tanto eu ler, de tanto passar estas páginas, reler estas histórias. Não sei se minha falta de memória afeta a compreensão das coisas mais simples: culpa é culpa, medo é medo. Sei lá. Isto é tudo que consigo compreender do mundo que tenho agora.

[Discretamente, um pequeno foco de luz pode ser visto no fundo direito do palco]

Alice: Não adianta. Não consigo entender o que ainda me mantém neste lugar. Talvez, a leitura destes textos... (folheia mais páginas. Lê acompanhado com os dedos.) Dia 3 de outubro, quarta-feira... Ela disse que o amava, ele podia sentir o seu carinho; era incrível que, mesmo causando dor, eu podia sentir alguma forma de amor. Ele conseguia encontrar alguma verdade. (Aproxima o diário da vela) Eu não consigo enxergar a letra. Dia 4... foi a relação mais duradoura porque ela conseguia ouvi-lo. Ela acalmava sua fúria. (Deixa o diário cair. Ouve-se outro barulho.) Ouviram? Ouviram? (Um ponto discreto de luz se acende ao fundo, no lado direito) Por que falo com os outros se estou sozinha? Ouviram?

[Silêncio.]

Alice: Agora eu me lembro. Era uma quarta-feira, uma noite como esta. (Leve esperança nesta lembrança) Uma pessoa me contava uma fábula. Ela falava bem baixinho. Pedia que repetisse bem baixinho: (sussurrando) "o inferno são os outros, o inferno são os outros... os outros." Eu não tinha medo deles. Sim, sim, todos eles me contavam fábulas. Tantas histórias me levavam a caminhos tão distantes. Eu me lembro agora de ter ido a uma caverna. O caminho até ela era rodeado de mato baixo, o caminho já pisado de muitos pés. Era ela escura. Mas, eu já não tinha medo do escuro. Tudo acontecia com pouca luz e eu já estava acostumada; cada pegada; cada penumbra ou sombra nas coisas inanimadas era um monstro a que eu já havia me afeiçoado. De tantas gárgulas e monstros carnívoros, eu começava a me familiarizar; o inferno são os outros... eu também ouvia desta pessoa; outra pessoa me dizia para que eu lhe dissesse sempre a verdade, mas, no fundo, eu não sabia o que estava escondendo. (Ouve-se o ranger de uma porta se abrindo) Ouviram? É ele! É ele! Não, não... é o outro. Eu sinto. Era o outro. O perfume era de lavanda; suas histórias tinham mais luzes e estas luzes me incomodavam. Ele também em contava uma fábula, mas esta era conhecida: uma menina de chapéu vermelho.

[Mais um foco de luz se acende, justamente na posição atrás, na altura da cabeça.]

Alice: A luz que ele trazia não iluminava nem o meu rosto, nem o dele. Ele me cotava histórias que eu já conhecia. Era mais tranquilo quando ele me contava estas histórias das quais eu sabia o final.

[De repente, ela volta a folhear o diário.]

Alice: Aqui, aqui: Abril, dia 03, sexta-feira... Ela parecia entender o que estava acontecendo. O rosto já não era de dor, era de ódio. Ele tinha medo de morrer. Ele pressentia que, a qualquer momento, ela poderia machucá-lo. (Fecha o diário e o abraça) Matar é muito forte e morrer... morrer... será que morte é um alívio, ele perguntava. (Termina a leitura. Olha para a vela.) Como apagar esta vela? Por que ela acendeu em minha mão?

[Alice se levanta e começa a andar de um lado para o outro do palco.]

Alice: Preciso fazer alguma coisa. Principalmente, preciso me lembrar das coisas. (Silêncio) Quando aquelas pessoas repetiam o inferno são os outros, eu acreditava que todo mundo era mau, menos a senhora que ficava me ouvindo; até então, eu não sabia se era ela boa ou má. Todo mundo na escola era mau. (Mais um foco de luz se acende) Lembranças por pedaços. Lembranças fragmentadas! Há um peso nas minhas pernas. Não sei dizer. Parece um formigamento, como se elas tivessem sido alfinetadas em todas as partes. (Outro foco de luz se acende) Eu lembro, eu lembro (para a plateia).

Dor. Eu começava a sentir uma dor. Era um fenômeno mais concreto. Uma boneca. Sim, uma boneca. Eu conversava com uma boneca. Seu nome era Dorothy. Isso, Dorothy. Alguém me deu ela nesse dia, logo depois do formigamento nas pernas. Eu dizia para aquela senhora paciente que perguntasse tudo para Dorothy. Eu ficava feliz quando aquela pessoa me trazia um brinquedo. Mas, onde todos eles eram guardados? O quarto era grande. (Desconforto. Alice leva as mãos aos ouvidos.) Tinha mais crianças. Muitas delas! A boneca ficava apenas algumas horas comigo. Ia para um canto do quarto.

[De repente, uma luz no fundo do palco ilumina vagarosamente uma boneca numa mesa de canto]

Alice: Eu lembro de Dorothy. Sim, sim, ela tinha um rosto que ninguém sabia se era triste ou alegre. Tinha sido feita para as duas coisas. Era igual ao meu rosto.

[Alice para no centro do palco. Caminha de costas. Senta-se no mesmo lugar do início.]

Alice: Para mim, o sorriso de Dorothy era de tristeza. (A luz sobre a boneca apaga-se lentamente) Os braços dele eram fortes. Eu lembro muito bem. A Dorothy, de longe, retribuía meu triste olhar. Eu estava de novo naquele quarto cheio de crianças. Eu estava de volta e todos me abraçavam. Acho que queriam minha boneca. Ele me colocou de volta. Acho que as crianças queriam minha boneca. O inferno são os outros, os outros.

[Alice abre o diário novamente, folheia-o. Ouve-se o som frenéticos de folhas.]

Alice: Aqui, aqui... Dia 30 de março, quarta-feira. (Alice coloca o diário no chão e a vela próxima do diário) Ele ficou a sessão inteira calado. Ofereci café, mas ele não reagia. Não quis falar naquele dia. Ao sair, quase na despedida disse: 'fui longe demais, demais...'. Confesso que não conseguia acessar a sua alma. Ele estava se fechando.

[Alice tira a vela do chão, traz para mais próximo do seu rosto. Uma luz ilumina lentamente uma cadeira de bebê no fundo, à esquerda.]

Alice: (Levantando-se) Eu me lembro, eu me lembro. Estava no parquinho com as crianças. Outros rostos. Novos rostos. Tinha alegria naquele lugar e no meu rosto. Dorothy me sinalizava e, pela primeira vez, nós sorríamos juntas: eu no parquinho, ela na cadeirinha. Eu via seu sorriso. Ela estava sorrindo. (Silêncio)

Alice: (Começando a chorar) Eu me lembro. Sim, sim... eu me lembro. Pela primeira vez, vimos o rosto dele. Um homem branco, olhos verdes, sorriso fácil, sobrancelhas grossas; tinha por volta de 30 anos. Mas, era um estranho. (Muitos focos de luzes se acendem) Era um rosto estranho. Sim, sim, pela primeira vez, eu senti seu abraço; pela primeira vez, eu senti o vento debaixo de meus pés, eu flutuava momentaneamente no ar. (Para de chorar) Dorothy podia nos ver. Ela sempre estava por perto. Eu sentia seus braços me segurarem da queda. Meu rosto sorria com o de Dorothy. Eu pedia de novo, de novo. E ele me jogava pro alto.

[Barulho de porta se abrindo. Alice se assusta. Senta-se e se recolhe.]

Alice: Ouviram? Ouviram? É ele! É ele! Aquele cheiro novamente. É lavanda! Não, é meio amadeirado. Não, não parece almíscar. Não, não, é diferente. Eu sinto, eu consigo sentir sua presença. (Alguns focos de luz, anteriormente acesos, apagam-se) Ele me perguntava que história eu gostaria de ouvir. Nada, nada, nada.

[Alice grita violentamente. Silêncio se segue.]

Alice: (Spotlight sobre ela) Eles se foram. Todos eles. Ninguém mais apareceu naquele lugar.

Agora havia poucas crianças. Poucos rostos. Podia contar todos os faltantes. Fábio foi para a casa de dois médicos; Luzia foi para a Europa; Ricardo, uma mãe solteira; Maria tinha uns padrinhos fixos que vinham sempre aqui. Era uma questão de tempo que ela também fosse embora. Aquele homem de olhos verdes nunca mais. Dorothy até se afeiçoou a ele. Mas, parece que Dorothy também sumiu. Todos os nossos brinquedos sumiram. Todos eles. De repente, tudo no quarto havia se tornado estéril. A solidão ficava de plantão. Mas, eu não quero mais lembrar.

[Tudo se apaga. Apenas a vela no seu rosto. Folheia de novo o diário.]

Alice: 20 de agosto, sexta-feira: Ele dizia que via ódio no seu rosto. Pela primeira vez, ela disse a palavra não. Ela nunca tinha falado não. Eu perguntei: Por que você acha que ela nunca resistiria? E ele me respondeu que, naquele momento, ele poderia ver dois dele; duas pessoas diferentes. Mas, ele não sabia quem era ele de fato.

[Alice fecha o diário bruscamente.]

Alice: Por que eles nunca mais apareceram? (Luzes iluminam a boneca e a cadeira de bebê alternadamente) Eu me lembro, eu me lembro. Ele dizia apague a luz, apague a luz. Vou te contar. Vou te contar outra história. Ele tinha um cheiro de lavanda; a mesma história daquele que trazia os brinquedos; sim, sim, era a mesma história daquele que apareceu pela última vez. Agora eu lembro de ter chamado ele de pai, sim, aquele de olhos verdes. Mas, os outros, os outros, os outros são o inferno, os outros contavam a mesma história. As luzes apagadas e aquele foco de luz na minha cara. Quem eram eles? Aquela luz na minha cara. Aquela luz. Aquela luz. (Alice grita)

[Alice aponta para o diário. Luz fraca sobre o diário.]

Alice: Sexta-feira, dia 22: Tudo vai mudar. Não se preocupe. Eu nunca vou deixar você sozinha. O mundo vai mudar as regras, luz vai ser sombra; e o escuro não vai te meter medo; a dor será prazer! Era o mesmo que eu dizia para ela. Nem eu mesmo podia imagina que eu poderia causar tudo aquilo. Na verdade, eu contava mentiras. Eu não queria magoá-las.

[Termina a leitura.]

Alice: Depois de anos, Maria voltou pro orfanato. Furou o olho do seu padrinho com uma caneta. Ela me dizia coisas que eu já tinha ouvido;

coisas que pareciam que eu acabei de ouvir; coisas que ainda pareciam vivas. Parecia um filme na minha cabeça. Podia ler seus lábios, antecipando. Ela me disse tudo. Eu pedia para ela parar. Eu não queria mais ouvir. Para, Maria. Para, Maria. (Ela grita)

[Luzes começam a iluminar vagarosamente. A cadeira de bebê e a boneca já não estão mais no palco. Alice puxa para o centro do palco o que parece ser um divã. Senta-se de lado para a plateia. As mãos entrelaçadas sobre o tórax.]

Alice: Eu me lembro que pedi para que Maria parasse. Ela, então, tirou um pacote da sua bolsa. Eu me lembro que abri com violência. Era uma boneca. Era a Dorothy. A senhora acredita nisso? Eu reconheceria a Dorothy em qualquer lugar. Me lembro de que peguei a boneca. Não quis devolvê-la. Brigamos tanto. Dorothy não era uma boa lembrança, mas ela era minha. Pelo menos, eu pensava. Fui levada para a supervisão. Maria e eu ficamos todas descabeladas, alguns pequenos hematomas. A boneca ficou dividida em duas. Nós também. A lembrança vinha logo, doutora, foi tudo imediato. Eu me lembro de que ele dizia que a culpa era minha. Repetia que a culpa era minha; que ele agia assim porque eu o provocava; que eu o seduzia. Mas, eu não tinha noção de que tinha qualquer poder sobre ele. Como o homem já maduro e experiente poderia ser seduzido por uma menina? Quando ele me contava aquelas histórias, no meio da noite, eu sentia que, se o contrariasse, eu o perderia. Eu não queria mais ser devolvida, doutora. Com o tempo, todos eles desapareceram, não precisavam mais contar histórias de príncipes e princesas. Um deles me chamava assim desse jeito: princesinha. Para mim, ser princesa era ter alguém que me salvasse; era ter uma família. Mas, eles sumiam naquelas luzes na noite. Todas as vezes que terminavam, as luzes se apagavam. Eu me lembro do formigamento nas pernas (toca as partes entre coxas). Toda vez que terminavam, as dores ficavam. Era uma dor profunda. (Silêncio) Não, não, doutora, eu não lembro dos rostos, não tinha nomes. Para mim, todos eram pa-pai. Todos poderiam ser chamados de papai; todos diziam o inferno são os outros, o inferno são os outros. Inferno, doutora, era tudo que vivia.

[Silêncio]

Alice: Tive que tirar tudo (aponta para o seu vente, massageia-o demoradamente). Seca por dentro. Oca. Não tenho nada aqui. Tiraram tudo. Sim, sim, uma doença me deixou podre por dentro. Eu queria crer que eram eles todos que tinham me envenenado. Nem sei qual culpar, entende? Será que a culpa era minha? Quando é que eu deixei que minha ingenuidade pudesse ser minha arma mais forte? Por quê? Por quê? Por que eles se foram tão imaculados para suas casas e suas famílias? E deixaram aqui em mim tudo estragado? Por que, doutora? A senhora tem as respostas, não é? Por quê? (Silêncio) Não estou aqui para encontrar respostas?

[Alice levanta o corpo, senta-se. Cotovelos sobre os joelhos como se pudesse olhar para a terapeuta.]

Alice: Não tá funcionando, doutora! Não está dando mais certo, né? Eu não quero mais continuar com isso. Posso parar? Eu quero parar... quero outra vida.

[Silêncio. Alice se levanta.]

Alice: Será que algum dia vou reencontrar a Dorothy? Queria emendar suas partes, sabe? Acho que eu e Dorothy poderíamos ser grandes amigas. Poderíamos recomeçar. Como? (Para a terapeuta) Costurando as partes, colocar roupinhas novas. Começar uma vida nova. Não é assim que tem que ser, doutora? Como? (Para a terapeuta) Por quê? Bem, eu quero, quero... não sei doutora. Sabe quando as pessoas falam em recomeçar? Pois é, eu acho que nós poderíamos costurar nossas partes perdidas, emendar as entranhas. Tudo novo. Roupas novas. (Roças as mãos sobre a barriga) Filhos? Como, doutora? Não, filhos não, filhos não... Mas, a senhora acha que devo esquecer a Dorothy? (Silêncio) Oi? O quê? Não dá para recosturar, né doutora? (Frustração)

[Alice se senta. Spotlight sobre ela. Pega lentamente o diário.]

Alice: Segunda-feira, 23 de abril... ele falou novamente em amor. Relatou que sentia amor por ela, e que também havia amor na entrega dela. (Alice continua acompanhando a história com os dedos) Eu perguntava se ele entendia a noção de crime. E ele me respondia que o crime era deixá-la sozinha.

[Fim da leitura.]

Alice: Amor? O que é amor para quem vive com medo? É possível? Eu me lembro de ouvir esta palavra em algum daqueles rostos. Você um dia vai me amar, vai me amar muito (altera a voz). Amar? Como poderia amá-los? Amá-los por me deixarem ao ponto de me esquecer? Amar sem saber o que de fato eles faziam comigo? Amá-los porque, ao esquecê-los, vou recuperando estas imagens do passado? Eu me lembro bem. Sim, sim, ele me perguntou: Você está gostando?

[Alice volta para o divã, de frente para onde estaria a terapeuta.]

Alice: Ele levava doces, eu posso sentir o cheiro de chocolate na minha boca, no meu pescoço, nas mãos. Aquilo me dava uma sensação de sujeira, de algo contraditoriamente prazeroso. (Leve desespero) Por que estas lembranças estão vindo desse jeito, doutora? Dor e prazer! Por que elas começam a fazer um sentido próprio? Depois de tanto tempo... Por que o tempo, a que todos consagram a cura, vem abrir minhas feridas de dores intensas?

[Aperta as mãos contra o peito. Sensação de genuína aflição.]

Alice: O médico disse que eu nunca poderei ter filhos. Mas, e todas aquelas crianças do orfanato que querem uma família? (Pausa) De sangue, o médico enfatizou, doutora. Disse olhando para minha barriga. (Desespero) Por quê, meu Deus, por quê? Por que tudo a ver com nossas entranhas? Onde está Dorothy? Onde está ela? Dorothy se dividiu em duas. Nós nos repartimos! Cadê a Dorothy?

[Alice se levanta. Fala em direção à terapeuta.]

Alice: Doutora, a senhora tem notícias da Dorothy? Por acaso? (Pausa) Será que ela morreu? É isso, então? Ela morreu. (Senta-se) Por que, para alguns, a morte é alívio, doutora? Mas, por que eu não pressinto o alívio ao pensar na morte? Por que a morte... aquela sensação de morrer um pouco, aquela sensação que se confundia com prazer, estava mais próxima de uma definição de viver? (Silêncio)

Eu fui enganada, é isso, doutora? Medo não era medo, luz não era esperança, morrer não era alívio? Aqueles homens me condicionaram, é isso? Condicionaram a uma sensação deturpada. Pai sempre me pareceu redenção. Pra muitos, foi. Luzia mandou postais da Europa. Ela falava tanta coisa bonita. Na verdade, quem escrevia eram os pais dela. Antes de terminar e dizer adeus, ela escrevia: Somos uma família feliz! Se a senhora perguntasse a qualquer criança ali, elas responderiam que queriam uma família feliz. Não importava onde... felicidade era onde cabiam aquelas palavras finais do postal. Mas, eu desejava nunca mais voltar para o orfanato.

Quando a última tentativa de felicidade veio, saímos todos de mãos dadas: Eu, ele e Dorothy. A casa era confortável, com muitas coisas que não tinha no orfanato. Coisas que nem sabia o nome por falta do uso. Cheiros novos. Cômodos limpos, brancos. Móveis. Muitos móveis. A limpeza e o cheiro daquela casa eram uma antecipação da felicidade postal. Eu tinha meu próprio quarto, minhas coisas todas separadas. Cresci num ambiente que me dava esperança. Eu quase pude sentir a felicidade!

[Depois de um silêncio, Alice começa chorar. Levanta-se. Vai para o centro do palco.]

Alice: Eu entrei correndo... a senhora se lembra? Eu tava desesperada. Tinha faltado a aula do dia. Voltei para casa. Eu ouvi o barulho na porta, mas não pensei que pudesse ser ele. Eu tinha acabado de sair do banho. Estava apenas de roupão. Era a primeira vez, eu tinha visto meu corpo se transformando. Como eu havia mudado! Fechei meu roupão. Não reconhecia aquele corpo. Acho que fui levada a acreditar que sempre seria uma criança. Então, abri o roupão. Deixei-o cair. Foi quando eu senti a mão dele deslizando sobre meu corpo. Foi estranho demais. Tentei me afastar, mas ele continuou. Tentei fugir de todos aqueles rostos que começavam a aparecer. Empurrei ele. Eu gritei. Ele continuou com mais força. Me colocou entre a banheira e a pia. Meu instinto foi de pegar a escova de dentes e enfiar no seu olho. Saí desesperada. Mas, eu sentia que ele estava me perseguindo. Ele estava em todos os lugares para onde eu fugia. Ele está aqui. Ele está aqui... (Ela grita)

[Luzes se apagam. Voltam rapidamente. Alice está sentada no divã, olhando para a terapeuta.]

Alice: Será que posso me dar alta? Como? O que a senhora disse?

[Alice levanta-se. Toma o lugar que seria da terapeuta. Tira o roupão. A luz se apaga sobre o divã. Spotlight sobre Alice que está em pé, fazendo as vezes da terapeuta.]

Terapeuta: (Acende uma vela) Tome! Não deixe sua chama se apagar!

Made in the USA
Columbia, SC
31 March 2019